Sur la Terre comme au ciel

Christian Signol

Sur la Terre comme au ciel

ROMAN

Albin Michel

IL A ÉTÉ TIRÉ DE CET OUVRAGE

Quinze exemplaires
sur vélin bouffant des papeteries Salzer
dont cinq exemplaires numérotés de 1 *à* 5
et dix exemplaires, hors commerce, numérotés de I *à* X

À mes enfants.

« Les rêves sont des chasseurs d'âme. »

Jim Harrison,
Légendes d'automne.

« Regardez-les passer,
Eux, ce sont les sauvages.
Ils vont où leur désir le veut, par-dessus monts,
Et bois, et mers, et vents, et loin des esclavages.
L'air qu'ils boivent ferait éclater vos poumons. »

Jean Richepin.

PREMIÈRE PARTIE

LES RETOURS DU PRINTEMPS

1

AMBROISE avait longtemps gardé captive la splendeur de ces matins de mai, quand le domaine fleurait l'herbe humide, ce parfum à la fois fragile et tenace, tiède mais frais, des jours en train d'éclore. Le printemps allumait sur les chênes et les trembles des feux d'or épars, autour des étangs qui s'éveillaient doucement, dans la lueur lunaire que griffaient les roseaux, les nénuphars et les jacinthes bleues.

Il avait toujours aimé la beauté magique de l'aube, la fragilité de la lumière aux prémices du jour, le frémissement des feuillages imbibés de rosée, la montée du brouillard sur les eaux transparentes. Des volutes grises s'élevaient lentement vers la muraille plus sombre des arbres, puis se dissipaient devant le foyer incandescent du soleil. Ébloui, Ambroise pagayait sans bruit en longeant les rives qui blêmissaient, et devant lui des colverts s'envolaient vers le ciel rose.

Pourquoi n'avait-il jamais retrouvé le chemin de ces matinées superbes ? Il ne le savait que trop : son fils ne se trouvait plus, aujourd'hui, près de lui. Dix ans qu'il ne l'avait pas revu ! Dix ans qu'il espérait revivre cette complicité qui les avait longtemps unis, fascinés, côte à côte, par l'attente du jour, les envols furtifs, la beauté sauvage des bêtes d'eau, les bruissements secrets des rives, les roselières ondulantes d'où surgissaient les oiseaux dans un éclaboussement d'écume. Et bien qu'Ambroise s'en défende, Vincent faisait surgir en lui, à intervalles réguliers, des souvenirs qui lui restituaient la part de passé dont il avait tant besoin, en même temps qu'ils le submergeaient de regrets.

Dix ans qu'Ambroise n'avait pas revu son fils, et trois qu'il ne répondait plus à ses lettres pourtant fidèlement expédiées, chaque semaine ! Oui, chaque semaine, sans jamais renoncer. Parce que, n'est-ce pas, quand on a connu la présence d'un fils, quoi que l'on fasse, quoi qu'il se passe, on ne peut l'oublier. Il avait essayé, pourtant, Ambroise, au début, il s'était fait violence, il lui en avait voulu, mais non : cet enfant lui était entré dans le cœur et il avait beau faire, son fils n'avait jamais pu en sortir.

Ambroise vivait seul dans le parc naturel dont il était le garde, car son épouse était décédée peu avant le départ de Vincent, comme si elle avait eu l'intuition de ce qui allait se passer : un soir elle avait porté sa main vers son cœur, et elle s'en était allée sans un mot – sans souffrir, s'était-il dit pour se consoler – vers le monde d'où personne n'est jamais revenu. Ambroise avait découvert la vraie solitude, mais avait enduré cette perte en silence, comme ces animaux souffrants qui ne comprennent pas ce qui les dépasse, et il avait continué à veiller sur les poissons, les oiseaux, toutes les bêtes du ciel et de l'eau qui se côtoient sans vraiment se connaître. Comment aurait-il pu faire autrement ?

Après la disparition de sa mère, Vincent était revenu quelque temps, déjà lointain, dévoré par ses rêves, puis il était parti définitivement, comme si cette mort l'avait délivré d'un lien trop fort dont il aurait souffert. Mais comment peut-on souffrir de l'attachement sincère d'un père ou d'une mère ? Est-ce possible, une chose pareille ? Pourquoi ne donnait-il plus signe de vie, ce fils pour qui, lui, Ambroise, aurait donné la sienne ? Qu'est-ce qui peut bien se passer dans la tête des enfants qui font des études quand soi-même on ne connaît que l'essentiel ? On sait écrire, on sait dire le manque et la douleur, mais peut-être qu'on ne connaît pas les mots qu'il faudrait pour ramener un fils vers soi.

Peut-être aussi, songeait Ambroise, que ça ne s'apprend que dans les grandes écoles, la gravité de ces mots-là, leur force et l'écho précieux qu'ils peuvent susciter, venus du plus profond du cœur. Cependant il n'avait pas perdu espoir : ce défaut d'espérance l'aurait tué. Or il devait rester vivant pour cet enfant qui reviendrait un jour. Car c'était sûr : Vincent reviendrait, il ne pouvait pas en être autrement.

2

POUR tenter de comprendre, Ambroise repensait à sa vie en se demandant quelle faute il avait bien pu commettre pour subir un tel châtiment. Sa vie, il la dévidait continuellement dans sa tête, il cherchait, il recommençait sans cesse : par quelle faille cet enfant s'était-il glissé pour se perdre ainsi ; où donc avaient germé ses chimères, pour s'en aller si loin, oublier les étangs sous le ciel rose, la main d'un père sur le chemin, la caresse d'une mère dans le soir tombant ? Il fallait qu'il trouve, il fallait qu'il sache ce qui s'était passé depuis ces aubes claires sous le ciel de mai, quand Vincent découvrait le monde à ses côtés, ébloui par la lumière du matin, et trouvait dans son regard, Ambroise en était sûr, des immensités de tendresse jamais avouée. Est-ce pour cette raison qu'il avait disparu ?

De ce silence Ambroise se sentait aujourd'hui coupable, mais comment exprimer l'indicible, la petitesse d'où l'on vient, celle qui a peut-être fait honte un jour à son enfant ? Et comment révéler ce que l'on a vécu, ce que l'on a souffert, quand on est né dans ce pays superbe, certes, mais d'un père lui-même garde forestier et d'une mère couturière, loin de la ville, loin d'un village où l'école est aujourd'hui fermée à tout jamais ? Comment savoir ? Y avait-il eu dans sa vie une ombre qui aurait effrayé son fils – un renoncement, une inconsciente trahison, une défaite qu'Ambroise n'aurait pas décelés ?

Sa vie blottie entre le ciel et l'eau lui avait pourtant toujours paru belle et il n'en avait jamais souhaité d'autre, persuadé qu'il était que le monde n'appartient pas à ceux qui le possèdent, mais à ceux qui savent le contempler, en se réjouissant de sa familière présence. C'est ce qu'il avait fait depuis sa plus lointaine enfance, Ambroise : contempler, se réjouir des plus petites choses, mais également de l'immensité du ciel où voguaient les oiseaux, des levers avant l'aube dans l'odeur du pain chaud, des étés flamboyants, de l'or des automnes, des hivers cuirassés de gel, des printemps crépitants de parfums et de fleurs.

Alors ? Où avait-il failli, et quand, et comment ? Il avait enseigné toute cette beauté à Vincent, il l'avait partagée avec lui, il lui en avait montré la richesse… La richesse, vraiment ? Le soir, dans ses moments de doute, Ambroise finissait par se demander s'il n'en existait pas d'autre, ailleurs : des trésors plus grands, plus beaux, inimaginables à ceux que l'étroitesse d'une vie condamnent à ne jamais connaître. Désespéré, il s'endormait en ruminant des rêves sombres qu'il combattait jusqu'au matin, mais vainement. Une culpabilité écrasante le laissait aux portes du renoncement, il attendait le jour comme on attend la délivrance après une nuit de douleur.

3

IL sortit dans l'aube de mai, observa le ciel où s'étirait une écharpe de brouillard d'un beige cendré, huma le vent qui venait du sud-ouest, ce qui annonçait un peu de pluie pour la fin de la journée, puis il rentra pour déjeuner, espérant qu'en récapitulant ce qu'il avait à faire, il oublierait un peu la blessure dont il souffrait. Relever les nasses posées pour piéger les brochets qui menaçaient les canetons, distribuer de l'orge dans les îles afin d'agrainer les jeunes colverts de l'année, vérifier que les nichoirs destinés aux canes reproductrices n'avaient pas été détruits par les ragondins, dégager l'excès de végétation sur les rives pour favoriser la venue des bécassines et des sarcelles en automne : toutes sortes de tâches qui l'occupaient depuis toujours, et dont il ne venait jamais à bout.

Avant, il fallait que tout soit prêt pour l'ouverture de la chasse en septembre, lors de ces levées cruelles que les colverts n'avaient pas appris à deviner, et qu'Ambroise détestait : elles détruisaient en quelques semaines son travail d'une année, même si, au fil des jours, les canards devenaient de plus en plus méfiants, ne regagnant les îles qu'à la nuit, après avoir passé la journée dans les landes environnantes. Alors ils échappaient à la cruauté des hommes et gagnaient un sursis dont Ambroise se réjouissait.

Aujourd'hui, heureusement, les chasseurs avaient disparu, le parc ayant été reconverti en réserve naturelle. Des visiteurs arrivaient en bus, venus de plus en plus loin, et ils étaient attendus sur la grande digue par Charlène, la guide ornithologue nommée depuis deux ans par le président du syndicat intercommunal, qui les conduisait vers l'observatoire d'où ils pouvaient à loisir étudier les oiseaux. Charlène ! Un peu de jeunesse, enfin, dans le domaine, des cheveux blonds, des yeux couleur de la mer, un sourire étrangement secret, de l'énergie, de la force à revendre : l'épouse qu'il aurait fallu à Vincent, peut-être, pour le retenir. Mais Vincent ne l'avait jamais connue, et il ne savait sans doute pas que l'on n'entendait plus, dans la réserve, le moindre coup de fusil.

Plus de chasse, un paradis pour les oiseaux, une mise en assec tous les trois ans pour la grande pêcherie d'automne, un peu de jeunesse retrouvée, Ambroise aurait pu en être heureux sans l'absence de son fils et la douleur qu'elle avivait. Car sa vie avait toujours été ce qu'il avait rêvé qu'elle soit, il se le répétait chaque jour, ne s'en lassait pas, il avait besoin de cette certitude, aujourd'hui. Oui, il en était sûr : il avait découvert le bonheur dès sa propre enfance, près de son père, entre le ciel et l'eau. Il savait dans quel parfum de digitales, dans quels scintillements de lumière, dans quel frisson d'eau claire, dans quelles douceurs de l'air il se dissimule. Et il avait confié à Vincent, dès qu'il avait été en âge de comprendre, tout ce dont son propre père lui avait fait cadeau. Mais lui, Ambroise, il n'avait pas trahi son père : il l'avait accompagné chaque jour de sa vie, fidèlement, sans jamais songer à le quitter.

4

DE MÊME à l'égard de sa mère. Elle travaillait à la maison, usait ses yeux verts, couleur de fontaine, à son ouvrage, mais le monde était à portée : il suffisait d'ouvrir la porte pour voir étinceler la lumière du jour, crépiter les étoiles dans la nuit, s'embraser les arbres en automne, bleuir l'eau des étangs dans les crépuscules d'hiver. Ils n'avaient jamais eu ni faim ni froid. Ils savaient se contenter de peu, se réchauffer à des caresses, deviner des mots sur des lèvres, apprivoiser les sourires. C'était une mère patiente, attentionnée, mais pas plus qu'il ne fallait. Elle faisait confiance, elle aussi, à son fils, elle ne le bridait pas, le laissait s'en aller, seul, vers les étangs et les bois, lui disait seulement :

– Profite, mon fils. Et si tu les écoutes bien, les arbres et les oiseaux te confieront leurs grands secrets.

L'école se trouvait au village, pas très loin : un bâtiment de plain-pied aux angles de briques rouges, une classe unique où le maître savait qu'il faut croire aux enfants, même les plus silencieux, ce qui était le cas d'Ambroise. Il y avait trop de merveilles en lui, il ne connaissait pas les mots susceptibles de les exprimer en un lieu étranger à sa maison : le seul endroit au monde où il partageait tout. Il ne se méfiait pas des autres enfants, non. Il ne les voyait pas, ne discernait que les êtres sauvages qui peuplaient son petit univers, dont les apparitions suffisaient à occuper entièrement ses pensées du jour, mais aussi de la nuit. Il n'avait besoin de personne, Ambroise, si ce n'était de sa mère et son père, à qui il se vouait du plus profond de son cœur.

Tous trois vivaient avec les oiseaux de passage ou fidèles à ces lieux créés pour eux : ces étangs, ces landes, ces marais qui leur servaient de halte à l'occasion des migrations d'automne ou de printemps. « Et si elle était là, la faille, la blessure ? », se demandait maintenant Ambroise. Celle apportée par les grands oiseaux, là-haut, venus de loin, les longs voyages au-dessus des pays, des forêts, des rivières, la caresse du vent, les horizons lointains, l'infini devant soi, la vie sauvage et libre ?

Ambroise avait appris à Vincent dès l'âge de quatre ans à les reconnaître : les grues, les oies sauvages, les grandes aigrettes, les pigeons ramiers, les colverts, les vanneaux, les vols majestueux qui passent avec élégance, étrangers aux hommes, trop loin, trop haut pour qu'on puisse les suivre, les accompagner afin de voir le monde d'au-delà des nuages, découvrir ses secrets, ses mystères indécelables à ceux d'en bas !

Combien de fois Ambroise lui-même, enfant, s'était-il imaginé dans le bleu vaste du ciel, porté par les ailes du vent, ébloui de lumière, franchissant les montagnes et les océans, voguant vers d'autres contrées, d'autres pays, des rivages inconnus d'une insoupçonnable beauté ! Il s'envolait les yeux fermés, il rejoignait les princes aux ailes de soie, il voyageait près d'eux, il se sentait des leurs, heureux d'être accepté, mais il se réveillait soudainement. Ce n'étaient que des rêves. Or les rêves, parfois, mettent de l'amertume dans le cœur de ceux qui se laissent emporter. Surtout lorsqu'ils reviennent trop souvent et ne se réalisent jamais. Est-ce de cette amertume-là que Vincent avait désiré se guérir ?

« Peut-être », se disait Ambroise, et il lui semblait le comprendre, soudain, ce fils trop lointain, même s'il souffrait journellement d'une absence qui résonnait en lui comme un abandon. Il payait sans doute le prix d'avoir ouvert le ciel à Vincent. Il avait cru bien faire, et il fallait le regretter. Mais non ! Pourquoi ?

Pourquoi le regretter ? Un père doit apprendre à ses enfants tout ce qu'il sait, sinon, pourquoi leur faire découvrir le monde, ses beautés, ses mystères, et tous les grands oiseaux du ciel qui voyagent au plus près du soleil ?

5

AMBROISE avait su, lui, très tôt, faire face à la petitesse en apprivoisant le domaine où il était né. Il y avait deux kilomètres de l'école à la maison : une immense étendue pour ses petites jambes. Le chemin était cerné par les landes et les bois, mais tous les dix pas surgissaient des merveilles : les orchidées mauves, les chênes d'or cuivré, les sauterelles à ventre jaune, les cétoines dorées, les vives poules d'eau, les hérons pourprés, les bergeronnettes à col gris sur les nénuphars, les fauvettes à tête noire dans les roseaux ; les nichées, enfin, soigneusement dissimulées, où palpitait une vie secrète.

Il n'y avait eu nulle crainte en lui, dans cet après-guerre, son père étant revenu indemne, d'abord soldat puis résistant dans les forêts du haut Limousin, où il avait continué à fréquenter les bois et les étangs. Dès son retour, convaincu de retrouver un refuge que personne ne pourrait le contraindre à quitter, il avait proposé le mariage à Sylvaine qui l'attendait depuis des mois. Ils s'étaient mariés au village, et cette épouse avait illuminé sa vie aussi bien que la lumière des étangs dans les aubes vêtues de rose. De cette union il était né neuf mois plus tard, lui, Ambroise, mais si difficilement que ses parents avaient compris qu'ils n'auraient pas d'autres enfants. Il avait donc grandi seul – et roi. Tout près de sa mère attentionnée, tout près de son père qui lui avait pris la main dès qu'il avait été en âge de marcher.

– Viens ! lui disait-il. Les couvées ont dû naître dans la nuit.

Ils partaient vers les étangs, et le miracle se renouvelait : chaque jour, chaque soir, après l'école, le jeudi, le dimanche, ils allaient sur l'eau, observaient le ciel, dénombraient les oiseaux. Ambroise écoutait, regardait, il découvrait ce monde, déjà persuadé qu'un tel trésor lui était promis. Ses résultats scolaires en souffraient, car les seules leçons qu'il acceptait étaient celles de la liberté, du ciel immense, des mystères de l'eau. Le maître, pour lui, ce n'était pas l'instituteur du village, c'était son père, le seul homme à savoir que toutes les saisons sont belles, même l'hiver et ses étangs étincelants de leur glace givrée.

Ils se rendaient rarement au village, car ce n'était pas nécessaire : la mère se chargeait des courses en rapportant l'ouvrage sur lequel elle s'était longuement penchée, patiemment, maniant l'aiguille et les ciseaux, ne relevant la tête que pour sourire à l'homme ou à l'enfant. Il y avait tellement de travail sur les étangs que cette répartition des charges paraissait naturelle, et nul ne l'avait jamais contestée.

Ainsi, Ambroise avait grandi sans s'en rendre compte, dans la calme parole et l'exquise présence de ce père sacré, heureux comme on peut l'être dans l'aube sans fin d'une enfance. Ou du moins qu'il croyait sans fin. Mais une enfance aussi s'envole, comme les oiseaux. Elle n'avait duré que jusqu'à douze ans, quand il avait dû partir au lycée, malgré ses protestations. Il n'avait pu supporter cette déchirure et il s'en était enfui. Trois fois en trois semaines ! Renvoyé ! La victoire ! Alors il avait regagné l'école du village, et à quatorze ans il avait été libre de mener la vie qu'il souhaitait, la tête levée vers les grands vols de novembre et de mars, toujours sur l'eau, près de son père.

Cela jusqu'au service militaire – dont il avait finalement peu souffert car il savait que ce n'était qu'une parenthèse dans sa vie. Il en avait d'ailleurs tout oublié, ou presque, dès son retour. Dès lors, que faire ? Un ami de son père venait de prendre sa retraite ; on avait besoin d'un nouveau garde. Ambroise avait été embauché, il s'était marié avec Marie, rencontrée un soir près du grand étang de Sauget, et puis Vincent était né, avait grandi, il aimait étudier, et il s'était plu au collège, puis au lycée, enfin à la faculté. À force de travail et d'études appliqués, il était devenu ornithologue : certainement l'empreinte de son enfance, mais aussi celle des oiseaux et de leurs grands voyages, du ciel immense où ils disparaissaient – comme lui avait disparu.

Parfois, Ambroise se disait que son enfant s'était voulu libre sur la Terre comme les grands oiseaux l'étaient dans le ciel. « Sur la Terre comme au ciel », songeait-il en se demandant d'où lui venait cette expression qu'il lui semblait connaître depuis toujours. Depuis l'église de son jeune âge, peut-être, qu'il fréquentait alors, et qu'il avait oubliée aujourd'hui, comme si elle était devenue inutile. Quelle importance ? Nulle consolation ne pouvait lui être secourable depuis que son fils avait disparu.

Oui, disparu, mais il donnait de ses nouvelles au début : il écrivait régulièrement de courtes lettres, mais attentives, chaleureuses, du moins jusqu'à ces dernières années. Après, plus rien n'était venu de là-bas, ce pays si lointain, de l'autre côté de l'océan. Comment accepter ce silence dans lequel Vincent s'était perdu, bercé de trop de rêves, de trop de liberté, de trop d'oiseaux volant dans l'immensité du ciel ouvert sur des mondes inconnus ?

6

AMBROISE s'en voulait aujourd'hui de n'avoir pas tenté de retenir l'enfant qui avait pris son envol, de l'avoir laissé libre comme il le souhaitait, de lui avoir ouvert la route, de ne s'être pas opposé à sa volonté. Mais il n'avait jamais renoncé, et il avait continué à écrire à l'adresse de Vincent – à Québec, rue du Petit-Champlain – des lettres dolentes, où il ne pouvait contenir sa tristesse et qui se terminaient le plus souvent par des mots qu'il ne maîtrisait plus : « Je sais que tu as beaucoup de travail, mais écris-moi au moins le dimanche, quelques lignes seulement pour me dire ta santé, ta vie, si tout va bien. Ne prends pas froid sur l'eau, ménage-toi, tu sais que je n'ai plus que toi. » Cette pensée lui était venue subitement une nuit et s'était infiltrée en lui, douloureuse : il s'était dit que sans son fils, désormais, il était seul au monde.

Seul, car il n'avait pas été capable de retenir

Vincent, dès le début de ses voyages, quand il était revenu, un jour, de la baie de Somme où il avait trouvé un premier poste, et avait dit :

– Je vais partir. Loin : là-bas, tu sais, vers le lac Michigan et le lac Supérieur ; je veux voir les oies des neiges au bec rose de la baie d'Hudson, les bernaches du Labrador, les harfangs du Grand Nord, l'immensité de la terre et du ciel.

Vincent avait ajouté, comme Ambroise demeurait muet, incrédule :

– Là-bas les oiseaux sont plus beaux, plus forts, ils volent plus loin, plus longtemps.

Ambroise n'avait pas su le retenir. De quel droit ? Et pourquoi un enfant ne pourrait-il pas s'envoler lui aussi vers des rêves plus vastes, ceux des oiseaux libres, des grands voyageurs du ciel ?

Il avait embrassé son fils, l'avait accompagné jusqu'à la route, il l'avait serré dans ses bras, et il l'avait perdu. Oui, perdu, peut-être mort. C'est ce qu'il se disait, Ambroise, de temps en temps, la nuit, car il ne lui paraissait pas possible que Vincent eût cessé de son plein gré d'écrire, coupé les ponts avec un père qui n'avait plus que lui. Mort, Vincent ? Non ! Il était fort, son fils, Ambroise se rappelait comment il ramait contre le vent sur la barque, comment il portait les sacs de grains sur son épaule, et comment il coupait du bois pour l'hiver. Non ! Impossible que Vincent soit mort. Il ne pouvait pas l'abandonner de la sorte, il savait se montrer prudent, Vincent, il ne se serait jamais mis en danger. Ou alors… Mais non, il était vivant, et empêché d'écrire, tout simplement.

Car comment aurait-il pu oublier ce qu'ils avaient vécu ensemble, quel lien les avait unis ? Ambroise sentait encore sa main dans la sienne, quand ils partaient vers les étangs, il entendait ses pas sur le chemin de sable, il entendait sa voix qui demandait :

– On verra des aigrettes ?

– Bien sûr !

– Peut-être un héron pourpré ?

– Peut-être.

– Un balbuzard pêcheur ?

– Sans doute.

Ils embarquaient pour l'île du milieu, sur le grand étang, ils se dirigeaient vers elle en silence, la rame entrant sans bruit dans l'eau ; ils abordaient du côté où les roseaux les cachaient aux oiseaux, ils s'approchaient en s'accroupissant le plus possible, et ils découvraient les aigrettes, les sarcelles, les courlis, les foulques, les grèbes noires, les guifettes, les huppes, les pics et les guêpiers : tout ce peuple sauvage qui ne s'enfuyait pas, mais semblait les accepter, au contraire, tant ils lui étaient familiers.

Cette confiance, alors, ce contact si précieux comblaient Ambroise. Il en avait été heureux, si heureux, que ce bonheur aujourd'hui disparu creusait en lui une plaie dont il ne pouvait pas guérir. Mais quoi faire ? Où aller ? À qui s'adresser ?

Il s'imaginait parfois partir à la rencontre de Vincent, là-bas, mais où trouver la force à presque soixante ans ? Il s'en voulait aussi de ce renoncement, s'exhortait à faire l'effort, s'en aller lui aussi, et il se demandait si son fils ne gardait pas le silence uniquement pour l'attirer là-bas, le décider à le rejoindre, partager avec lui d'autres secrets, découvrir les grands oiseaux dont Vincent avait parlé, avant son départ : les oies sauvages au bec rose de la baie d'Hudson, les bernaches du Labrador, les harfangs du Grand Nord, dans la magie de la neige à perte de vue.

Oui, voilà pourquoi il n'écrivait plus, Vincent : il espérait que lui, Ambroise, son père, trouverait les forces nécessaires à une nouvelle vie, de nouveaux secrets à partager, et qu'il le rejoindrait afin de renouer ces liens précieux qui les avaient unis si longtemps.

7

IL FINISSAIT de boire son café quand une voiture se gara au bord du chemin. Il l'avait reconnue au bruit du moteur : c'était la Nissan de Charlène. À peine s'était-il levé qu'elle apparaissait à la porte laissée ouverte, et l'embrassait. Elle savait tout de lui, car il lui avait tout raconté : la solitude, le silence de Vincent, les remords, les regrets, mais elle ne s'en émouvait pas : c'était une jeune femme d'aujourd'hui, qui menait sa vie sans rendre de comptes à qui que ce soit – pas même à l'homme qui la rejoignait de temps en temps au village, avait-on dit à Ambroise, et dont elle ne semblait guère se préoccuper. Son seul vrai souci, c'était les oiseaux. Il suffisait qu'elle ne voie plus un courlis, une aigrette ou un engoulevent dont elle savait l'existence, pour qu'elle vienne s'en ouvrir à Ambroise.

Ce matin-là, elle s'inquiétait pour les couvées :

– À droite de l'observatoire, sur les dix canetons de la mère la plus jeune, il n'en reste que sept.

– Oui. J'ai vu.

Ambroise ne le savait que trop, en fait : la sauvagine et les brochets dévastaient les nids au point que les mères, pour compenser les pertes, avaient deux pontes, et quelquefois trois dans l'année. Ambroise avait beau aménager des nichoirs en osier au-dessus de l'eau, il arrivait toujours un moment où les canetons se lançaient dans l'aventure de la vie au mépris des dangers.

– Assieds-toi ! lui dit-il pour prendre le temps de la rassurer. Tu vas boire le café avec moi.

– Vite fait, alors ! J'attends un bus qui arrive dans une demi-heure, et ils sont nombreux.

– D'où viennent-ils ? demanda Ambroise, toujours un peu étonné de l'intérêt manifesté pour les oiseaux par des étrangers au domaine.

– D'Orléans.

Elle s'assit et l'observa avec cette gravité coutumière que lui donnait son regard vert et profond comme la mer, sous des cheveux longs en bataille qu'elle lissait avec deux doigts de sa main droite, dans un geste de petite fille trop vite grandie.

Quand il l'eut servie, Ambroise s'assit face à elle et murmura :

– T'en fais pas pour les canetons. Il en reste

toujours assez : les canes ont l'instinct de survie de l'espèce. J'ai pu le vérifier plusieurs fois. Dis-moi plutôt si tu as revu le cygne qui est arrivé la semaine dernière.

– Non.

– Tant mieux ! Il a dû repartir, et il vaut mieux. En période de nidification, les mâles sont agressifs envers les autres oiseaux et tous ceux qui s'en approchent.

– Oui, je sais. Mais ça m'étonnerait qu'on échappe à la nichée d'un couple cette année.

– J'espère qu'avec cette chaleur précoce ils sont déjà remontés vers les pays scandinaves.

Ambroise soupira, et ajouta :

– On verra bien.

Ils discutèrent encore pendant quelques minutes du retour des milans noirs, des souchets qui s'étaient accouplés, enfin de la calamité des ragondins qui provoquaient des dégâts importants, notamment dans les rives, qui, affaiblies par les galeries, finissaient par céder.

– Il faudra les fortifier dès le prochain assec, dit Ambroise. Si tu vois le président, parle-lui-en.

– Il va encore lever les bras au ciel et nous accuser de le ruiner, protesta Charlène.

– On a l'habitude. C'est pas bien grave.

Charlène consulta sa montre et se leva en regrettant :

– Je vais être en retard.

Elle s'approcha de la porte, se retourna avant de sortir :

– À propos ! Je voulais vous dire : le facteur est en congé maladie, c'est un jeune qui le remplace, il ne connaît pas le circuit : ça m'étonnerait qu'il passe à midi.

Ambroise hocha la tête pour signifier qu'il avait compris, mais il était très contrarié par ce qu'il venait d'apprendre. En effet, il avait pris l'habitude de quitter l'étang vers onze heures et demie pour arriver à la maison un peu avant midi et de guetter le facteur sur le chemin. Ils se connaissaient bien. Mais depuis trois ans – depuis qu'aucune lettre n'arrivait plus de là-bas –, Ambroise le fuyait. Il ne savait pas très bien pourquoi. Peut-être un peu de honte d'avoir perdu un fils, de ne pas savoir pourquoi les lettres s'étaient taries un jour, brusquement.

Avant, Ferdinand brandissait l'enveloppe de loin et criait : « Une lettre ! Une lettre ! » ; et ils buvaient le verre de l'amitié face à face, accoudés à la table de la cuisine ou devant la porte aux beaux jours. Depuis, ils s'évitaient, l'un et l'autre se sentant coupables, sans doute, de cette absence de courrier qu'ils ne s'expliquaient pas.

Mécontent de lui, Ambroise haussa les épaules, et se mit en route vers le petit embarcadère du grand étang de Touvois, à l'opposé de l'observatoire, pour ne pas déranger les oiseaux. Quand il n'avait pas de matériel à transporter, il n'utilisait pas sa voiture, afin de ne pas faire trop de bruit. Il se mit en route sur le chemin de rive ombragé de chênes et d'acacias au-delà desquels, sur sa gauche, s'étendaient les landes et les marais. Ce matin de juin annonçait déjà l'été, avec des haleines de vent du sud, des touffeurs de l'air charriant des parfums d'herbe couchée. Au loin, dans les prés, les foins étaient déjà bien avancés.

Il avait posé une nasse devant le refuge d'un gros brochet dont il avait repéré la chasse cruelle, deux jours auparavant, au détriment des canetons. Sur le chemin de sable, dans le silence doré des premières heures du jour où quelques papillons voletaient çà et là, il songea au temps où son fils l'accompagnait, et il tendit la main vers la droite, comme s'il espérait que quelqu'un allait la saisir. Il alla ainsi un moment puis renonça : il était seul ; et nul, ce matin-là, ne pouvait partager avec lui la beauté des arbres, de l'eau, de la lumière qui avait illuminé les plus belles années de sa vie.

8

Du temps où Marie était encore là, Vincent écrivait peu, mais elle ne lui reprochait rien : ce n'était pas dans sa nature, à Marie. Elle répétait à Ambroise qu'un enfant est libre et qu'avec sa venue au monde naît aussitôt la souffrance de le savoir détaché de son corps. Et par cette blessure, cette séparation, toute vie est souffrance, quoi que l'on fasse, quoi que l'on décide. Malgré les efforts déployés pour le retenir, il s'en va, l'enfant, il vit loin, et on s'inquiète de ne pouvoir l'aider. Il est seul pour lutter, peut-être perdu. Il nous appelle, il tend la main, mais on ne la voit pas. Il n'y a plus rien à faire que de lui accorder sa confiance dans son espoir d'une vie plus belle.

N'était-ce pas cette déchirure qui avait brisé le cœur de Marie sans qu'elle en eût conscience ? Un poison instillé jour après jour par la certitude de l'absence à venir, une douleur que l'on cherche à oublier et qui fait son chemin dans le corps, dans l'esprit. Pourtant elle paraissait forte, Marie, elle ne se plaignait de rien, savait faire face à l'inattendu, mais elle devinait depuis toujours que son fils partirait. Une mère sent cela. « Une mère ne se trompe jamais », se disait Ambroise chaque fois qu'il repensait à leur vie d'avant, quand rien ne venait troubler le bonheur des jours.

Avec Marie, ils s'étaient connus au bord de la digue de l'étang de Sauget dont s'occupait le père d'Ambroise. Elle avait quinze ans et Ambroise dix-sept. Elle était venue acheter des perches pour sa mère : une femme harassée par les maternités, et qu'elle aidait en s'occupant des six frères et sœurs, puisqu'elle était l'aînée. Avec le père cantonnier ils vivaient au village, plutôt mal que bien, mais ils mangeaient à peu près à leur faim. C'est depuis cette enfance qu'elle avait appris à se contenter de peu, et à utiliser les plus petites choses qu'elle trouvait en chemin : une salade sauvage, du pissenlit, une poignée de girolles, des champignons de mars, des coulemelles, enfouis aussitôt dans la poche ventrale de son tablier. Des trésors que leur frugalité rendait encore plus délicieux : le privilège d'une pauvreté apprivoisée sans la moindre rancune.

Le soir de leur rencontre, Ambroise s'était à peine souvenu de la petite Marie côtoyée à l'école, du fait que les cours de récréation étaient séparées, alors, et deux ans de différence d'âge, c'est beaucoup quand on est enfant. C'est à peine s'ils s'étaient approchés l'un de l'autre pendant ces années-là. Au reste, elle avait quitté l'école très tôt pour venir en aide à sa mère très fatiguée. Ambroise ne l'avait donc pas revue, et donc pas reconnue, ce soir-là, car Marie, de surcroît, trop occupée, se rendait très rarement au village. Pas même reconnue quand il était revenu vers elle pour déposer les perches dans son panier.

– Merci, Ambroise ! avait-elle dit.

Surpris, il s'était brusquement redressé et avait croisé un regard qui n'avait pas cillé. Les yeux noirs, les joues hautes, la peau mate, les cheveux bruns coupés court exprimaient une assurance étonnante chez une si jeune fille.

– Je vous connais ?

– Moi, je te connais.

Et aussitôt après, dans un sourire lumineux :

– Tu me raconteras les oiseaux, d'où ils viennent et où ils vont, ce qu'ils se disent, ce qu'ils voient de là-haut ?

Il en avait été stupéfait, paralysé, au point qu'elle s'était fermée, tout à coup, en murmurant :

– Tu ne veux pas ?

– Si ! Bien sûr.

Et, avec de nouveau le même sourire qu'éclairèrent les derniers rayons du soleil :

– Pas aujourd'hui. J'ai pas le temps.

– Alors, quand ?

– La prochaine fois.

Puis elle avait demandé :

– Combien je te dois ?

Il l'avait regardée fouiller dans la poche de son tablier, avait répondu sans même réfléchir :

– Rien. Je te les donne.

– Et ton père ? Qu'est-ce qu'il va dire ?

– Il ne le verra pas. Il y a plein de perches dans le réservoir.

Elle avait hésité, se balançant d'un pied sur l'autre, hésitant à accepter un geste auquel elle n'était pas habituée.

– Et pourquoi tu me les donnes ?

– Parce que tu aimes les oiseaux.

À cet instant, l'un d'eux était passé en poussant un cri au-dessus de la digue, et Marie avait demandé :

– Qu'est-ce que c'est, celui-là ?

– Une guifette moustac.

– Tu les connais tous ?

– Oui.

– Quelle chance tu as !

Elle ne se résignait pas à partir :

– Et celui-là, là-bas ?

– Une grèbe à cou noir.

Il s'était approché, elle avait reculé d'un pas, mais son regard était demeuré étrangement fixé sur lui, comme pour une invite muette. Pourtant elle avait dit aussitôt :

– Je m'en vais.

Déçu, il s'était inquiété :

– Tu reviendras ?

– Bien sûr que je reviendrai !

Et elle était partie, légère comme une mésange à col bleu.

9

ELLE avait tenu parole, Marie. Dès qu'elle pouvait, elle s'échappait, courait vers l'étang, ce qu'avait remarqué le père d'Ambroise, mais il avait feint de ne rien voir. Le dimanche, Ambroise et Marie se retrouvaient donc sur la rive la plus éloignée de la maison, ils s'allongeaient sur l'herbe à l'ombre des grands arbres, tout près l'un de l'autre, et elle écoutait Ambroise lui parler des oiseaux, il les lui montrait, répondait à ses questions : d'où ils viennent, où ils vont, et pourquoi.

– Ils fuient la neige et le froid dès le mois d'octobre ou de novembre, expliquait-il. Ils descendent alors vers le sud, et au printemps, dès que le temps s'adoucit, ils remontent.

– Mais ceux-là, devant nous ?

– Ce sont les sédentaires : ils sont habitués au climat de chez nous. Ils restent ici toute l'année. Les migrateurs, eux, font des haltes seulement et souvent passent sans s'arrêter.

– Ce sont les plus forts, les plus grands, ceux qui volent le plus loin vers d'autres pays ?

– Oui.

– Comment s'appellent-ils ?

– Les grues, les oies, les grandes aigrettes, les ramiers, les vanneaux. Je te les ferai voir à la saison...

Ils s'étaient apprivoisés grâce aux oiseaux, et ils savaient déjà, sans jamais se l'avouer, dès leur rencontre, qu'ils vivraient près d'eux, ensemble, et ne s'en éloigneraient jamais.

Seul le service militaire d'Ambroise les avait séparés. Il n'en avait pas souffert : à Rochefort, près de l'océan, il y avait aussi des oiseaux. Pas les mêmes, mais aussi grands, aussi beaux : des mouettes, des goélands, des échasses, des cormorans, des fous de Bassan, des sternes huppées, tant d'autres encore, qu'Ambroise avait appris à connaître, et qui l'avaient transporté, eux aussi, vers le ciel immense au-dessus des flots, très loin, au-delà de l'horizon.

Dès qu'Ambroise était revenu, la sœur cadette de Marie étant en âge d'aider sa mère, ils s'étaient mariés. Un bien petit mariage, au demeurant : peu d'invités, un repas de poissons et de magrets de canard à l'auberge du village à midi, ensuite on avait un peu dansé l'après-midi, comme il se doit, et on avait gardé les invités pour le dîner, non plus à l'auberge, mais dans la maison où les femmes avaient cuisiné des confits et des haricots verts.

Ils ne s'étaient retrouvés seuls qu'à une heure du matin, enfin libres dans la nuit tiède et parfumée, sous un semis d'étoiles qui veillaient sur eux. Ambroise avait emmené Marie jusqu'à l'embarcadère, et ils avaient pris la barque pour aller sur la grande île de l'étang de Touvois, parmi les arbres et les fleurs. Là, ils avaient aménagé un épais nid de fougères entre les hélianthèmes et les glaïeuls roses, et ils avaient dormi dans les bras l'un de l'autre, jusqu'à ce que l'aube les réveille – l'aube et les oiseaux qui célébraient le retour de la lumière, comme chaque matin, dans des chants inventés au cours des rêves de la nuit.

10

ILS n'avaient pas quitté l'île de toute la journée : leur peau avait pris le parfum des hélianthèmes et des glaïeuls, et ils n'avaient pu s'en rassasier. La fête de leurs corps les avait laissés épuisés, sur le dos, face au ciel, les yeux perdus dans l'immensité de leurs rêves éveillés.

– Tu les vois ? avait demandé Ambroise.

– Qui ça ?

– Les oiseaux.

– Oui. Je les vois. Que font-ils ?

– Ils nous surveillent.

– Pourquoi ?

– Parce que nous sommes chez eux. Ils se méfient.

– On ne leur veut pas de mal.

– Ils n'ont pas l'habitude. Il faut leur laisser le temps…

Ils avaient discuté encore un long moment, et puis enfin ils s'étaient endormis.

Plus tard, vers le soir, Ambroise avait montré à Marie un grand butor, un blongios nain, un busard des roseaux, des harles, une fauvette pitchou, et lui avait expliqué, en grand secret, le monde de l'air et de l'eau : les tritons crêtés, les rainettes, les serpents d'eau, les crapauds sonneurs à ventre jaune, comment ces peuples cohabitent, se servent l'un de l'autre pour survivre, si différents mais si proches, pourtant ; merveilles d'une vie secrète, inaccessible à qui ne savait pas.

Ils n'avaient regagné la rive qu'à la tombée de la nuit, étaient entrés dans la maisonnette attribuée au garde, et leur vie commune avait commencé là. C'était une sorte de longère couverte de tuiles plates, avec seulement, à l'intérieur, un coin cuisine, une grande pièce à vivre et, au fond, deux petites chambres : un refuge où ils allaient pouvoir s'aimer en toute tranquillité, profiter de leur complicité née dès le premier jour de leur rencontre, sur la digue, là-bas, de l'autre côté de l'étang.

Ils y avaient passé leur deuxième nuit, et ensuite des années et des années, dans le bonheur insouciant de la jeunesse qui ignore le temps. Dès le début Marie avait appris à prendre soin des oiseaux blessés, des œufs abandonnés, des petits privés de leur mère trop vite disparue, découvrant peu à peu les gestes nécessaires à leur survie, les caresses, les mots qu'on prononce pour les habituer à la présence humaine.

Ambroise, lui, allait beaucoup sur l'eau, et il emmenait Marie chaque fois qu'elle le souhaitait, du moins jusqu'à la naissance de Vincent. Elle aimait les étangs autant que lui, en devinait les secrets indicibles, et Ambroise comprenait, sans s'en inquiéter, de quelle vibrante sensibilité elle était habitée. Elle était trop fragile, Marie, car il n'y avait pas la moindre épaisseur entre le monde et elle, mais elle riait et savait se réjouir du moindre souffle de vent, des apothéoses de lumière, quand le soleil émergeait peu à peu de derrière les collines, et qu'il faisait frissonner de sa main rouge et chaude l'eau mystérieuse du Touvois.

Une vie heureuse, en somme, dans le monde qu'ils avaient choisi l'un et l'autre, et plus encore après la naissance de Vincent, cet enfant qu'ils avaient espéré, attendu, un enfant qui avait embelli les jours et les nuits, qui était entré dans leur monde avec la douceur précieuse d'une présence dont on s'étonne d'abord, puis dont on se réjouit en se disant que tout est là, à portée de main et de regard, que rien ne manque, qu'il en sera toujours ainsi.

11

La réserve du parc naturel comprenait un immense étang de cent hectares : le Touvois, où se trouvaient l'observatoire, près de la digue, et, en face, sur la rive opposée, la maisonnette d'Ambroise. Deux îles émergeaient au milieu, d'abord la plus grande, face à l'ouest, et, un peu plus loin, la petite, toutes deux plantées de saules, d'aulnes de roselières. Les alentours étaient libres, dégagés : les oiseaux n'aiment pas le manque d'espace à la fois par méfiance mais surtout parce que trop proches, les arbres freinent l'envol. Toute la végétation était basse : les anémones, les droséras à feuilles rondes, les orchidées, les campanules, les trèfles striés, d'autres encore se mêlaient aux roselières et aux oseraies où nichaient les colverts.

Aux alentours de l'étang, le parc s'étendait sur cent cinquante hectares, en landes, bois, prairies, marais, brandes à fougères qu'il fallait surveiller aussi, entretenir de sorte que les animaux et les oiseaux cohabitent sans danger les uns pour les autres. Une tâche dont Ambroise ne venait jamais à bout, mais qui était sa vie, depuis toujours.

Ce matin-là, il arriva près du petit ponton situé à une centaine de mètres de sa maison, qu'il avait lui-même sommairement aménagé afin d'accéder plus facilement à sa barque. Aussitôt, de par l'habitude qu'il avait prise depuis qu'il vivait seul, il parla à son fils :

– Tu te rappelles, ici, un jour d'automne, on avait trouvé une grèbe blessée ?

Pas de réponse. Il n'en attendait pas, Ambroise, mais il avait besoin de retrouver le temps précieux de la présence de Vincent, faisait comme si ne rencontrer que le silence n'impliquait pas une absence. D'ailleurs son fils n'avait jamais beaucoup parlé. C'était un enfant contemplatif, qui paraissait ébloui par ce qu'il découvrait, et comme submergé par l'espace ouvert devant lui, aussi bien sur l'eau que sur le ciel doucement incliné vers l'horizon.

– Marie l'avait soignée, et guérie, cette grèbe, ce qui est rare. Tu sais bien : on sauve rarement un oiseau blessé.

Ambroise monta dans la barque à fond plat qu'il détacha de la rive, se mit à ramer pour traverser l'étang, où là-bas, en face, sa nasse était arrimée à un saule nain de la grande île. Il ramait lentement, tête levée vers l'île d'où s'envolèrent deux souchets, délicieusement pénétré du silence et de la lumière d'or qui se répandait sur l'eau frissonnante dans le vent du matin. De l'autre côté, sur la droite, se trouvait la digue où Charlène accueillait les visiteurs, et d'où elle les conduisait vers l'observatoire afin qu'ils puissent apercevoir les oiseaux sans se montrer.

– Je suis sûr qu'il est dans la nasse, ce brochet de malheur ! murmura Ambroise.

Il avait appris à Vincent à piéger les carnassiers dès son plus jeune âge. Ils posaient des cordes, des nasses mais pas de filets de surface où les oiseaux auraient pu se prendre et se noyer.

– C'est la période du frai, reprit Ambroise, les brochets mâles s'approchent des rives pour féconder les œufs.

La barque glissait sans bruit, d'un seul coup souple de rame il la propulsait sans effort, et il lui suffisait de fermer les yeux pour imaginer une présence sur la planche, en face de lui. Il rouvrit les yeux : personne. Et personne depuis si longtemps ! Il soupira, continua de ramer, levant la tête vers un vol de dix oiseaux qui devaient être des ramiers restés là au lieu de remonter vers le nord, et nichaient dans les grands chênes des bois proches.

Il ne lui fallut guère plus de cinq minutes pour approcher du saule, aborder, et tenter d'apercevoir, en bas, la nasse enfouie parmi les roselières et les plantains. Il tira sur la corde et il comprit au poids que le brochet était pris au piège. Il apparut très vite, se débattant dans les mailles du grillage, énorme, menaçant, faisant gicler l'eau en dehors de la nasse, et Ambroise hissa sa prise dans la barque avec satisfaction. En voilà un, au moins, qui ne chasserait plus les petits des couvées.

Il n'aimait pas faire souffrir les bêtes, et il l'assomma très vite, regardant frissonner les flancs aux reflets verts, puis il le remit dans la nasse, afin qu'il ne se dégrade pas, le temps qu'il fasse son inspection sur l'île. Les nichoirs étaient bien à leur place, les jeunes canetons suivaient leur mère sans être effrayés par la présence d'Ambroise, il restait assez d'avoine pour les maintenir sur les lieux, les accès étaient suffisamment dégagés, les pièges à ragondins étaient en place, et la vie secrète des oiseaux se manifestait derrière chaque branche, chaque roselière, dans une envolée qui ne les repoussait pas loin, tant ils étaient confiants, accoutumés à l'apparition d'un homme, toujours le même, qui prenait soin de ne pas les déranger.

Une demi-heure plus tard, il revint vers la barque, tira la nasse de l'eau, sortit le brochet qu'il enveloppa dans des feuilles et de l'herbe, puis il contourna la grande île vers la queue de l'étang pour une nouvelle inspection, dans les landes, des nichées de hérons, qui lui prit toute la matinée, car il dut faucarder les abords de la rive envahie par les nénuphars.

Il rentra vers midi et demi, après avoir vidé le brochet au bord de l'eau, envisageant de le porter à l'aubergiste du village qui avait repris son activité depuis que les touristes affluaient à l'observatoire. À moins qu'il ne le cuisine et ne le partage avec Charlène ; mais non, il était trop gros, ce ne serait pas raisonnable. Au reste, elle trouvait rarement le temps de venir le voir la journée en cette saison, car les visiteurs se succédaient, et elle ne les quittait pas, même à midi.

Ambroise était tout absorbé dans ses pensées, quand il aperçut deux gendarmes devant sa maison, et il les reconnut aussitôt, car il les avait rencontrés au sujet de plusieurs affaires de braconnage. Il s'avança donc vers eux sans la moindre appréhension et serra la main que le brigadier lui tendait en demandant :

– Vous nous reconnaissez ? Brigadier-chef Fauconnier, et voici mon adjoint Peyroche.

– Bien sûr ! répondit Ambroise. C’est le président qui vous envoie ?

– Non ! C’est vous que nous venons voir.

– Eh bien, entrez ! dit Ambroise en ouvrant sa porte et en s’effaçant pour les laisser pénétrer à l’intérieur.

12

AMBROISE fit asseoir les visiteurs à la table de bois recouverte d'une toile cirée verte, leur proposa un verre de sancerre blanc qu'ils acceptèrent, puis le brigadier, un homme d'une cinquantaine d'années aux lunettes épaisses et à la moustache en brosse, sortit un dossier de sa serviette, et demanda sans préambule :

– Avez-vous un fils, monsieur Saulnay, qui serait parti au Québec il y a quelques années ?

Ambroise sentit son cœur se mettre à cogner très fort dans sa poitrine. Il reposa la bouteille avec laquelle il les avait servis, puis il s'assit, les jambes coupées, avant de répondre :

– Oui. Il s'appelle Vincent.

Et, aussitôt, comme pris d'un terrible soupçon :

– Il n'est pas mort ?

– Non. Je ne crois pas.

Le brigadier hésita un peu, reprit :

– Enfin, si nous parlons bien du même homme, il n'est pas en bonne santé, mais il est vivant.

Ambroise ne comprit pas ce qu'il venait d'entendre. Il vida son verre, incapable de prononcer un mot, et attendit, de plus en plus oppressé.

– Je vais vous expliquer, fit le brigadier en ouvrant un dossier de couleur rouge. Nous avons récemment été saisis par l'hôpital Sainte-Anne, à Paris, au sujet d'un homme amnésique qui a eu un accident au Québec, dans le Grand Nord, et dont ils recherchent l'identité. Il n'avait aucun papier sur lui quand il a été retrouvé.

– Un accident, dans le Grand Nord ? s'exclama Ambroise, désagréablement alerté.

– Oui. Vous aviez bien un fils, là-bas ?

– Oui. Je vous l'ai déjà dit.

– Je vous montrerai une photo de cet homme quand nous aurons fini, si c'est nécessaire.

– Mais vous m'avez expliqué qu'il se trouvait à Paris et non pas au Québec.

– Oui. Effectivement : à l'hôpital Sainte-Anne. Mais laissez-moi continuer, vous allez comprendre.

Le brigadier but une gorgée de vin blanc, poursuivit :

– Cet homme, qui a la quarantaine, a eu un accident, très loin, entre le Labrador et l'Alaska, dans une région qu'on appelle le Nunavik. Le petit avion dans lequel il se trouvait s'est écrasé au cours d'une tempête de neige et a brûlé. Vous savez, là-bas, dans ces immensités, c'est le seul moyen de transport pour les grandes distances. L'homme s'en est sorti par miracle, mais le pilote est mort.

– Par miracle ? fit Ambroise.

– Oui. Grièvement brûlé, le corps mais aussi le visage. Il est resté plusieurs jours dans le coma et quand il en a émergé, il était amnésique, c'est-à-dire qu'il ne se souvenait plus de rien, ni de ce qui s'était passé, ni qui il était, ni d'où il venait.

Le brigadier ajouta, comme Ambroise demeurait muet, se demandant s'il avait bien entendu :

– Il a été retrouvé par des trappeurs et transporté dans un petit service d'urgence, à une centaine de kilomètres du crash, puis, par avion, vers la ville de Québec, où il a été soigné pendant plus d'un an. Ils ont compris qu'il était français à son accent et aux quelques mots qu'il prononçait. Ils ont alors demandé une enquête à la police, qui n'a pas abouti. Personne ne le connaissait dans la région. C'est immense, vous savez, là-bas, bien plus grand que chez nous... Ils pensent que l'accident s'est produit très loin de son domicile.

– Loin de son domicile ? murmura Ambroise. Vous voulez dire : loin de la ville de Québec ?

– Oui, sans doute... Toujours est-il que l'hôpital l'a

envoyé en France, à Sainte-Anne, non seulement parce qu'il est amnésique, mais parce qu'il est aussi très perturbé. Au moment du choc, son cerveau a subi un traumatisme dont les répercussions sont peut-être irréversibles. Il se nourrit peu, répond à peine aux questions, mais quelques mots reviennent souvent dans sa bouche : « Lignières, étangs, oiseaux. » C'est pour cette raison que l'hôpital nous a contactés : ils ont trouvé le nom du village à côté des étangs, ici, chez nous, en Brenne… Vous comprenez ?

Ambroise hocha la tête, mais il se sentait submergé par ce qu'il venait d'apprendre. Le brigadier sortit du dossier une photo, hésita un instant, puis il la lui tendit en disant :

– Est-ce que ce portrait vous dit quelque chose ?

Ambroise s'en saisit, le tint un long moment devant ses yeux, eut un choc en apercevant le visage d'un homme inconnu, qui ressemblait très peu au souvenir qu'il avait gardé de son fils. Seul le regard clair lui rappela quelque chose, mais aucune lueur ne brillait dans ces yeux qui semblaient vides, inexpressifs, à l'écart du monde des vivants.

– Alors ? fit le brigadier.

Ambroise se redressa, hésita, puis il murmura :

– Il me semble que c'est lui, mais comment en être sûr ? Il a tellement changé avec ces plaques sur le visage.

– Oui. Il a subi des greffes de peau.

Ambroise observa, rendant la photo au brigadier :

– Et il n'a presque plus de cheveux…

Le brigadier hocha la tête.

– Mais les yeux ? Le regard ?

– Le regard, oui, je crois.

Ambroise reprit, après un soupir, comme s'il prenait conscience du fait que de ses réponses dépendait le reste de sa vie :

– Oui, ce sont ses yeux… J'en suis certain, maintenant… Je les reconnais : ils sont de la même couleur, exactement.

Le brigadier le dévisagea un moment sans parler, puis il remit la photo dans son dossier, demanda :

– Vous aviez des nouvelles de votre fils ?

– Pas depuis trois ans.

– Et avant ? Vous aviez une adresse ?

– Oui ! À Québec. Rue du Petit-Champlain.

– Bon ! fit le brigadier. Nous allons communiquer tous ces éléments à Paris.

Il réfléchit encore un instant, reprit :

– Votre fils ne vous a jamais parlé d'une jeune femme avec qui il aurait eu une liaison ?

– Non ! répondit Ambroise.

– Éventuellement d'un ami ou d'une connaissance ?

– Non. Jamais.

Le brigadier ajouta, comme pour s'excuser d'avoir été porteur d'une si mauvaise nouvelle :

– Tout ce que je vous ai dit figure dans le rapport de la police québécoise. Elle l'a transmis au ministère des Affaires étrangères, à Paris.

Soudain Ambroise eut besoin de s'arrimer à quelque chose de plus sûr, un signe qui attiserait l'espoir fou qui était né en lui au moment où le brigadier avait commencé à parler.

– Il faudrait que j'entende sa voix, dit-il, ça m'aiderait. Elle ne peut pas avoir changé. Je suis sûr de la reconnaître.

Le brigadier approuva de la tête.

– Vous avez raison.

Il demanda après un instant de réflexion :

– Vous seriez prêt à nous suivre à Paris, à l'hôpital Sainte-Anne, afin de reconnaître cet homme ?

– Oui ! fit Ambroise sans la moindre hésitation.

– La semaine prochaine par exemple ?

– Quand vous voulez.

Un long silence succéda à ces derniers mots, puis le brigadier referma son dossier, se leva en disant :

– Bien ! Je vous remercie, monsieur Saulnay. Nous vous préviendrons quarante-huit heures avant la date du voyage, si vous êtes d'accord.

– C'est entendu.

Les gendarmes vidèrent leur verre, sortirent, et

Ambroise les suivit jusqu'à leur voiture, où le brigadier se tourna vers lui pour lui serrer la main et dire :

– Au point où nous en sommes, n'est-ce pas, malgré quelques concordances, nous ne pouvons être sûrs de rien.

Il ajouta, en s'installant au volant, juste avant de refermer la portière de la Peugeot bleue :

– Ne nous faisons pas trop d'illusions. Il y a de nombreux Français au Québec, n'est-ce pas ?

Ambroise hocha la tête mais ne répondit pas.

13

IL ENTRA dans sa maison pour préparer son repas, tout en sentant une énorme vague le soulever : une vague d'espoir et de panique à la fois. Son fils était vivant mais souffrant, semblable à ces oiseaux blessés qui se débattent dans l'incompréhension et la douleur, et que nul ne peut sauver. Et il en avait vu, de tels oiseaux, Ambroise, dans sa vie ! Des dizaines, des centaines peut-être ! Mais chaque fois il les avait recueillis, il s'était penché sur eux, les avait réchauffés de ses mains réunies en corolle. Il sentait encore les battements fous de leur cœur, il revoyait leurs yeux affolés, leur détresse de bêtes qui n'ont jamais connu la pitié des humains. Oui, Vincent, aujourd'hui, ressemblait à ces oiseaux-là, ses yeux exprimaient la même douleur, la même incompréhension, la même détresse.

Incapable d'agir, Ambroise s'assit et tenta de se remémorer dans le détail les mots du brigadier : un avion qui s'écrase, le feu, un coma, un homme amnésique qui parle peu et dépérit, un hôpital au Québec, un autre à Paris. Comment l'avait nommé le brigadier ? Hôpital Sainte-Marie ? Hôpital Sainte-Anne ? Il ne savait plus. Et ces yeux ! Ce visage si différent ! Appartenaient-ils vraiment à Vincent ou à un inconnu ?

Reprenant pied tout à coup dans la réalité, il s'aperçut qu'il avait laissé le brochet sur sa bicyclette et il sortit précipitamment pour le déposer dans une bassine qu'il remplit d'eau, sous l'appentis, à droite de sa maisonnette, afin que sa chair ne se dégrade pas. C'eût été dommage : un si beau poisson ! Il décida de le porter lui-même à l'aubergiste en fin d'après-midi, puis il rentra de nouveau, s'interrogea sur ce qu'il convenait de faire. Comme il était midi passé, il battit les œufs d'une omelette qu'il se mit à manger avec une tranche épaisse de jambon de canard.

Tout en les savourant, il se sentit soudain étranger à cette pièce dans laquelle il vivait depuis des années. Une cheminée au manteau de chêne, une grande table en bois brut, deux fauteuils, un canapé de cuir râpé, un meuble bibliothèque où se trouvaient des livres d'ornithologie et de pêche, un vieux poste de télévision qu'il n'avait pas allumé depuis longtemps : un univers familier mais dans lequel il ne se reconnaissait plus, ce jour-là, tellement il se sentait loin, porté par un espoir fou, maintenant, qui balayait les doutes, lui faisait accepter d'avance tout ce qu'il faudrait accomplir pour rejoindre l'homme oublieux de sa vie.

Mais lui, Ambroise, comment aurait-il pu ne pas se rappeler la voix de son fils ? Une voix ne pouvait pas se perdre. D'ailleurs il l'entendait encore, malgré les dix ans passés ! Elle prononçait les mêmes mots : « J'ai vu les aigrettes, elles viennent d'arriver. » Ou encore : « Je crois que nous aurons des sarcelles cet hiver » ; « Les bécassines seront là dès novembre ». Non ! Cette voix demeurait pour lui inoubliable. Il était certain, ce midi-là, de la retrouver intacte, et il n'avait plus qu'une hâte, c'était d'entreprendre ce voyage à Paris proposé par les gendarmes, vers un hôpital dont il n'avait rien à craindre, au contraire : il ne doutait pas qu'en l'apercevant son fils retrouverait la mémoire et se réconcilierait avec la vie qu'ils avaient menée ensemble, cette vie que Vincent n'avait pu oublier.

Il finit de déjeuner en mangeant un morceau de fromage, se fit du café, songeant toujours à l'espoir né en lui : un espoir qui lui faisait battre le cœur plus vite. Avoir tellement attendu, tellement espéré un geste, un signe qui n'arrivait jamais, et aujourd'hui apprendre une telle nouvelle le transfigurait. Vincent ne l'avait pas abandonné : c'était une évidence. La joie inondait son visage, le rajeunissait, soudain, comme à l'époque où Ambroise croyait que rien, jamais, ne les séparerait.

Vincent ! Son fils ! Bien sûr qu'il pouvait compter sur son aide ! Qu'est-ce qu'il n'aurait pas fait pour lui ? Il aurait été capable de donner sa vie s'il avait fallu. De cela, il n'avait jamais douté, Ambroise, et il n'aurait jamais permis à quiconque d'en douter. Il demeura ainsi un long moment immobile, essayant de se persuader d'aller vers des retrouvailles heureuses, qui faisaient naître en lui une impatience difficile à maîtriser.

La voiture de Charlène, en se garant devant la maison, le tira brusquement de ses pensées. Il fut étonné de cette présence, car elle lui avait annoncé beaucoup de visiteurs à l'observatoire. Il en fut même contrarié, car elle jetait à bas tout un échafaudage de précieuses pensées érigé à grand-peine, au sein desquelles apparaissait la lumière fragile d'un avenir heureux.

Mais il savait Charlène imprévisible et il lui pardonnait facilement, depuis toujours, ses oublis, les excès de sa jeunesse insouciante qui, au contraire, l'amusaient. Haussant les épaules vis-à-vis de lui-même, il se leva pour lui ouvrir la porte.

14

– J'AI vu la voiture des gendarmes s'en aller ! lui dit-elle aussitôt. Il n'y a rien de grave, au moins ?

Il la fit entrer sans répondre, mais son sourire la rassura.

– C'est au sujet de mon fils, lui dit-il, comme s'il avait déjà réussi à s'en convaincre définitivement.

– Ah bon ! fit-elle. Ils ont des nouvelles de lui ?

– Il se trouve à l'hôpital, à Paris.

– Il est malade ?

– Non ! Il a eu un accident au Québec, ils l'ont soigné et envoyé en France.

– Un accident grave ?

– Oui ! Son avion a brûlé, mais il est vivant, et bien vivant, c'est ce qui compte.

– Tant mieux ! Je suis contente pour vous.

Elle le dévisageait avec attention, comme si elle se demandait s'il avait toute sa tête, mais il ajouta :

– Ils vont me conduire à Paris pour le voir.

– Quand ?

– La semaine prochaine, je crois.

– Ils vous l'ont dit ?

– Oui. C'est entendu avec eux.

Ambroise hésita un instant, puis murmura :

– Ils m'ont montré une photo. Il a beaucoup changé à cause de son accident, mais je suis sûr de reconnaître sa voix.

Elle continua de le dévisager, étonnée de le trouver si confiant, si sûr de ce qu'il lui avait appris malgré l'insolite de la nouvelle, mais il poursuivit, souriant de nouveau :

– J'ai tellement attendu, tu comprends ?

Elle acquiesça de la tête, sourit à son tour.

– C'est formidable, Ambroise !

– Je suis tellement rassuré de savoir qu'il est vivant, reprit-il en hochant la tête, comme pour s'en persuader vraiment et la prendre à témoin de cette certitude.

– Oui, je comprends. Quelle bonne nouvelle !

Et elle répéta :

– Je suis vraiment contente pour vous, Ambroise.

Puis, jetant un regard vers sa montre :

– Vite ! Il faut que j'y aille. Ils doivent m'attendre.

Ambroise la suivit jusqu'à la voiture, parut se souvenir de quelque chose et demanda :

– Peux-tu porter un brochet à l'auberge, ce soir ?

– Où est-il, ce brochet ?

– Dans une bassine, sous l'appentis.

– Donnez-le-moi, je le porterai, mais faites vite.

Ambroise fit l'aller et retour rapidement, après avoir enveloppé sa prise dans un vieux sac de jute, et il ouvrit le coffre de la voiture pour l'y introduire, non sans avoir montré le poisson au passage à Charlène qui, déjà au volant, s'impatientait.

– Belle bête ! dit-elle. Et d'où vient-il ?

– De la grande île. C'est celui qui s'attaquait aux canetons.

– Merci, Ambroise. À demain !

Elle démarra dans un nuage de sable blanc, et il demeura seul un moment en regardant disparaître le véhicule à l'extrémité du chemin de rive.

15

Dès ce matin-là, il ne vécut plus que dans l'attente d'une visite des gendarmes ou d'un coup de téléphone. Même sur l'eau, il imaginait son voyage à Paris, sa rencontre avec Vincent, et les mots qu'il devrait prononcer pour le ramener vers lui. Il était profondément heureux de savoir que son fils n'avait pas décidé de lui-même ce silence qui les avait séparés. Il aurait dû se douter qu'un événement extérieur l'avait empêché d'écrire. Il s'en voulait des reproches formulés, parfois, le soir, seul dans sa maisonnette, quand il souffrait trop de cette absence inexplicable.

– Quand même, petit, murmurait-il alors, quelques lignes seulement, ce n'est pas beaucoup demander !

Ou encore :

– Peux-tu vraiment avoir oublié le grand Touvois ? Ça ne te ressemble pas ! Tu ne te souviens donc pas de la lumière des matins dans les premiers rayons du soleil ?

Mais aujourd'hui, tout était oublié. Ambroise se réjouissait d'avance du secours qu'il allait pouvoir lui apporter, et pas le moindre doute ne s'immisçait en lui au souvenir de la photographie montrée par les gendarmes. Ce jeune homme ne pouvait être que Vincent. Et il avait besoin de lui. La vie ne pouvait lui faire de plus beau cadeau.

Durant trois jours il négligea son travail, songeant seulement aux endroits où il conduirait Vincent dès son retour, repérant les nids des butors étoilés dans les roselières, les parades nuptiales des engoulevents au-dessus des landes, les va-et-vient des fauvettes occupées à bâtir leur nid, les appels des milans noirs qui étaient arrivés depuis un mois et décrivaient au-dessus de l'eau leur ronde vigilante d'après l'accouplement.

Oui, tous ces trésors, c'était pour Vincent. Il ne pouvait pas les avoir oubliés complètement. Il lui suffirait de les retrouver pour se souvenir de la vie qu'il avait menée ici avant son départ, se rallier aux oiseaux de son enfance, aux îles mystérieuses où, dès l'âge de dix ans, il allait passer les nuits d'été, seul, souvent, pour mieux ressentir leur présence, mener la même existence qu'eux, partager leurs secrets.

Oui, seul, car ils l'avaient laissé libre dès son

plus jeune âge, Vincent. Sans crainte, sans véritable surveillance, confiants dans la connaissance qu'il avait de l'eau et des oiseaux, déjà, accoutumé à la vie sauvage, à ses dangers, bien peu périlleux, au demeurant. Libre à dix ans, la nuit, là-bas, sans couverture, à même l'herbe et les glaïeuls, avec pour ciel de lit les étoiles, pour compagnons les arbres dont les branches se balançaient sous le vent chaud, dans l'odeur enivrante des nids blottis dans les roseaux.

Libre et seul. Si tôt, si vite. Peut-être trop seul, trop vite. Afin de fuir cette pensée coupable, Ambroise construisit un affût au beau milieu de la grande île, se promettant de venir y guetter les sarcelles avec Vincent. Il dégagea des sentiers pour accéder aux coins les plus reculés des friches et des brandes aux alentours du Touvois, il chercha les traces des chevreuils sur les rives, il faucarda une petite anse envahie par les épis d'eau au parfum de vanille, il calfata de nouveau la barque pour qu'elle flotte bien, fabriqua une deuxième rame pour Vincent, afin de remplacer celle qui s'était brisée l'hiver dernier sur la berge gelée.

Et il se mit à attendre, songeant que dans quelques jours, le soir, dans sa maison, son fils serait assis dans le vieux fauteuil de cuir, là, devant la cheminée.

Il l'écouterait reconstruire ce qui avait été perdu, lui parler de sa mère, Marie, et de la vie qu'ils avaient menée tous les trois, sans savoir que celle-ci est fragile, qu'elle peut cesser, comme ça, du jour au lendemain, et qu'il faut savoir profiter des jours heureux.

16

LORS de ses visites matinales, Charlène ne le reconnaissait pas. Lui, si peu prolixe d'ordinaire, parlait, parlait, faisait des projets, associait Vincent à son travail, et elle s'en inquiétait un peu, mais sans lui avouer, au contraire : elle se sentait obligée de participer à cet espoir qui devenait si grand au fil des jours qu'il tardait à Ambroise, à présent, que la date du départ fût fixée.

– Ne vous inquiétez pas ! le rassurait-elle. Les gendarmes vont venir, ils vous l'ont promis !

– On dirait qu'ils ont oublié.

– Mais non ! Il faut leur laisser le temps de s'organiser avec l'hôpital, tout de même !

– Tu crois ?

– Mais oui, bien sûr !

Elle repartait avec des encouragements dans la voix jusqu'à la voiture où il l'accompagnait en espérant trouver auprès d'elle les certitudes qui, à présent, le fuyaient.

La date du départ fut seulement fixée le mercredi d'après la première visite des gendarmes, en fin de matinée. Fidèles à leur parole, ils vinrent prévenir Ambroise que le voyage était prévu pour le surlendemain. Ils passeraient le chercher à sept heures, il devrait se tenir prêt, ne pas les retarder : ils avaient plus de trois heures de route et rendez-vous à l'hôpital en fin de matinée.

Une fois seul, rassuré, Ambroise chercha dans l'armoire le seul costume qu'il possédait, le brossa, l'étala sur son lit. C'était un vieux costume de velours noir, aux côtes fines, mais très peu lustré, du fait qu'il ne l'utilisait que très rarement. Il y trouva une chemise, neuve aussi, de couleur bleue, mais pas de cravate : il ne savait plus où il l'avait rangée. Ensuite, il alla cirer les souliers de cuir dont il ne se servait que lors des grandes occasions, il fit une grande toilette dans la pièce d'eau rudimentaire qui lui servait de salle de bains, puis il se coupa un peu les cheveux avec son rasoir. Il s'observa alors dans la glace au-dessus du lavabo, s'inquiéta de savoir s'il n'avait pas trop changé, et si Vincent le reconnaîtrait.

Les rides de son front et de ses joues existaientelles dix ans auparavant ? Comment savoir ? Il se mit à rechercher des photos dans le tiroir de la commode, en trouva quelques-unes, mais elles dataient de sa jeunesse avec Marie. Après, ils n'avaient pas eu besoin de photos : ils étaient là, bien vivants, côte à côte, et l'on n'a pas besoin de souvenirs quand on est sûr que rien ne changera jamais. Ce qui compte, c'est le bonheur de chaque jour, et seulement ce bonheur-là, mais comment le comprendre quand la jeunesse embrase le cœur et le corps ?

Il rangea les photographies, revint s'observer devant la glace de sa grande armoire en bois de hêtre, se demanda si ses cheveux n'avaient pas trop blanchi. Si, sans doute, mais qu'y faire ? Il en coupa une mèche trop apparente à son gré, puis une autre, et s'arrêta enfin, impuissant à dissimuler les stigmates du temps. Il se rassura en se disant que sa voix, elle, n'avait pas pu changer. Pas plus que celle de Vincent.

– Tu vois, je suis là, dit-il, en imaginant l'instant où Vincent apparaîtrait devant lui.

Il ajouta, avec l'impression que son fils ne le reconnaissait pas :

– Je suis venu te chercher.

Et, comme sa voix restait sans effet :

– On va repartir tous les deux. Tu verras, on sera bien là-bas, dans notre maison.

Le silence ! Toujours le silence, et depuis si longtemps ! Un peu dépité, il n'insista pas et dîna distraitement d'une tranche de jambon et de quelques pommes de terre en salade, sentant de plus en plus monter en lui une appréhension désagréable, avant le départ qui devait le conduire vers la grande ville.

Il n'avait voyagé que pour son service militaire : Bordeaux, la côte atlantique, Nantes, Rochefort, mais Paris, jamais. Pourquoi aurait-il dû quitter le monde dans lequel il vivait ? Il possédait tout, ici : l'eau, la terre et les splendeurs du ciel, les oiseaux, les poissons et les bêtes des bois, la beauté des matins de printemps, les ors et les flammes de l'automne. Même l'hiver avait ses grâces au cœur des aubes prises dans le gel, à quoi succédaient le grand éclat de vitre qui dissimulait les îles, le silence des jours, la froideur bleutée des soirs, quand la nuit tombait brusquement, recouvrant ce monde d'un voile que transperçaient seulement les pointes acérées, mais protectrices, des étoiles qui s'allumaient avec des crépitements de pierres précieuses.

Il sortait dans le froid vif, ces soirs-là, guettait les appels des oiseaux, et il ne rentrait se coucher, rassuré, que lorsqu'ils s'étaient tus, à l'abri des roselières. Le vent, lui aussi, se taisait. Alors Ambroise s'endormait dans le rêve des grands vols descendus vers l'Afrique à l'automne, là où ils survivraient, avant de remonter vers le nord et de s'arrêter sur les eaux protégées dont il était le gardien vigilant.

17

DANS la voiture, les gendarmes discutaient entre eux, mais Ambroise ne les écoutait pas. Il regardait, à travers la vitre, les vastes étendues, de part et d'autre de l'autoroute, cherchant instinctivement du regard les oiseaux, mais ce n'étaient pas les mêmes : éperviers, faucons, tourterelles traversaient de temps en temps le ciel bleu qui semblait s'allonger sur les terres étirées à perte de vue. Après le Berry, la Sologne lui rappela agréablement son territoire, dont le fait de s'éloigner lui serrait le cœur. Puis ce furent les grandes plaines de la Beauce, et, de nouveau, l'immensité plate seulement parsemée de petits bois touffus : îlots perdus au-dessus desquels tournaient des ramiers venus d'on ne savait où. Seuls quelques hameaux aux toits de tuiles rousses paraissaient veiller sur cet univers où se perdait le regard, et où, à l'horizon, la terre et le ciel finissaient par se rejoindre.

– Tout va bien ? Vous n'êtes pas malade ? demanda le brigadier en se tournant vers lui.

– Non. Tout va bien.

En réalité, plus ils s'approchaient de Paris et plus Ambroise sentait un étau douloureux se refermer sur sa poitrine. Et s'il avait entrepris ce voyage pour rien ? S'il avait espéré en vain ? Il repoussa de toutes ses forces ces sombres perspectives, tenta de récapituler tout ce qui l'avait poussé à partir vers cette grande ville : les dix ans de solitude, l'attente vaine des lettres, la visite des gendarmes, l'espoir fou qui l'animait, désormais, et le poussait à guetter à travers la vitre les premiers immeubles de Paris, tremblant de hâte et d'appréhension en même temps.

– On y sera dans moins d'une heure, assura le brigadier en se retournant une nouvelle fois.

Il avait froid, Ambroise, il ne parvenait pas à se réchauffer, et l'angoisse qui l'étreignit brutalement le fit se réfugier par la pensée dans la grande île du Touvois, s'absenter du monde étranger dans lequel s'enfonçait la voiture. C'est à peine s'il remarqua la banlieue aux grands immeubles gris, puis les larges boulevards saturés de voitures, et il tressaillit quand le brigadier lui montra de la main la tour Eiffel, au loin, fidèle à l'image qu'il en avait, pour l'avoir vue sur les calendriers de La Poste, au fil des années.

Nul ne parlait, à présent, comme si les gendarmes

aussi se sentaient étrangers à ce monde de bruit et de fureur, si différent de leur univers quotidien. La voiture se fraya difficilement un passage entre les bus, les motos, les camions, puis elle pénétra dans un parking de surface déjà plein, où il était impossible de se garer. Le brigadier descendit et demanda à Ambroise de le suivre, tandis que son adjoint continuait à chercher une place.

Ils entrèrent dans un grand hall où le brigadier fit signe à Ambroise de s'asseoir tandis que lui-même s'approchait d'une sorte de guichet et montrait à une femme en blouse blanche les papiers qu'il venait de sortir de sa serviette. Ambroise eut envie de s'enfuir en entendant crier dans un couloir, mais, ne sachant où aller, il prit place sur une des chaises vertes où patientaient des gens inconnus, qui ne se regardaient pas, ne se parlaient pas, et paraissaient aussi perdus que lui.

Dix minutes passèrent, durant lesquelles il eut l'impression de cesser de respirer, puis, le brigadier, ayant refermé sa serviette de cuir, l'invita à le rejoindre. Une infirmière les conduisit le long d'un couloir interminable, leur désigna deux chaises, face à la porte d'un bureau qui s'ouvrit aussitôt, avant même qu'ils n'aient eu le temps de s'asseoir.

Un grand homme à lunettes, aux cheveux courts peignés en brosse, lui aussi vêtu d'une blouse blanche, leur fit signe d'entrer, et ils s'expliquèrent avec le brigadier, mais Ambroise ne les entendit pas. Tout son être se refusait maintenant à ce qui allait se passer, et il avait envie de s'enfuir loin de ces murs gris, de retrouver les oiseaux, son univers familier, d'échapper à l'angoisse qui l'oppressait.

– Venez ! dit le médecin. Il est dans sa chambre. Il a refusé de s'habiller ce matin.

Ils sortirent, et Ambroise suivit les deux hommes vers un ascenseur qui monta jusqu'au troisième étage.

– Je resterai en retrait, expliqua le médecin, mais je ne sortirai pas, afin de bien observer ce qui se passe.

Ils tournèrent à droite au bout du couloir, le médecin frappa à la deuxième porte, entra et dit :

– Vous avez une visite.

Il s'effaça pour laisser passer Ambroise, tandis que le brigadier restait à l'extérieur. Ambroise fit quelques pas dans la chambre et se trouva face à un homme assis dans un fauteuil, légèrement penché vers l'avant, le regard fixe, qui lui fit aussitôt penser, de nouveau, à un grand oiseau blessé. Comme ce balbuzard atteint par une décharge de gros plomb, paralysé de terreur en le voyant s'approcher, un matin, et qui dardait sur lui le même regard que cet homme. Peur, angoisse et incrédulité se mêlaient en lui face à un événement incompréhensible, sans doute douloureux. Une faible lueur s'alluma pourtant dans le regard clair, puis s'éteignit aussitôt. Le visage gardait les traces bizarres, comme étamées, des greffes de peau.

Ambroise s'approcha encore, mais s'arrêta à un mètre de l'homme vêtu d'un pyjama bleu. Après s'être fixés un bref instant sur lui, les yeux s'étaient détournés, comme si Ambroise n'existait pas. Il hésita un peu, faillit renoncer, puis il murmura :

– Vincent ! C'est moi.

La tête pivota, et de nouveau le regard mort se posa sur lui.

– C'est moi, ton père, Ambroise.

Et, comme aucune réaction ne se manifestait :

– Souviens-toi ! Le grand Touvois ! La grande île au milieu, où l'on allait en barque.

Les sourcils de l'homme se rapprochèrent, comme sous l'effet d'un effort intense.

– Les hérons ! Les aigrettes ! Les grues cendrées ! Les grands vols de l'automne !

Toujours ce silence terrible, que troubla seulement une voix dans son dos :

– Continuez ! Parlez-lui de Lignières. C'est un des mots qui semblent davantage évoquer quelque chose en lui.

– Rappelle-toi ! Lignières ! Le village où tu allais à l'école quand tu étais petit.

Les paupières battirent, l'homme redressa la tête.

– Lignières. À deux kilomètres du grand Touvois. Tu aimais y aller tout seul, à pied.

La bouche s'ouvrit, et dès cet instant Ambroise sut qu'il ne se trompait pas.

– Lignières ! murmura l'homme d'une voix si basse qu'Ambroise l'entendit à peine mais la reconnut aussitôt.

Et il répéta deux fois :

– Lignières… Lignières.

Ambroise, submergé, les yeux noyés, se retourna vers le médecin :

– C'est lui, dit-il. C'est sa voix. J'en suis sûr.

Mais il ne put en dire plus, car ses jambes se dérobaient sous lui et il dut s'asseoir sur une chaise, à droite du fauteuil de son fils qui, cette fois, le suivit des yeux. Le médecin s'approcha à son tour, demanda :

– Vous en êtes certain ?

– Oui. C'est mon fils, je le reconnais. C'est bien lui.

– Bien ! Venez avec moi !

Ils regagnèrent le bureau du médecin où, en présence du brigadier, celui-ci expliqua à Ambroise dans quel état d'extrême fragilité se trouvait son patient et lui demanda s'il se sentait capable de l'accueillir chez lui.

– Comment ça, capable ? s'indigna Ambroise. C'est mon fils, tout de même !

– Il souffre de graves déficiences mentales.

– Ça m'est égal. Je le soignerai.

– C'est un avenir difficile que vous vous préparez.

– C'est tout réfléchi. Je veux l'emmener, tout de suite.

– Vous ne pouvez pas vous décider comme ça, trancha le médecin. Il faut que vous réfléchissiez. Revenez dans l'après-midi. Nous prendrons une décision à ce moment-là.

Ambroise voulut faire intercéder le brigadier, mais celui-ci se rangea à l'avis du médecin.

– On repassera vers quatorze heures. C'est mieux comme ça. Nous aurons le temps d'en parler tous les deux.

– Je suis sûr que c'est lui ! répéta Ambroise.

– Venez ! Nous reviendrons après avoir déjeuné.

Ambroise le suivit, persuadé que rien ne pouvait le priver du bonheur qui l'avait submergé au moment où Vincent avait prononcé le mot « Lignières », un mot qui avait allumé une lueur plus chaude dans les yeux redevenus soudain ceux de son fils, ceux de l'enfant comme ceux de l'adulte, d'un vert très clair, avec, au fond, ce reflet doré qui venait de se remettre à briller.

18

TOUT était allé très vite, finalement. Certes, ils n'avaient pu emmener Vincent ce jour-là, mais il avait été convenu, après des explications détaillées de la part du médecin et de l'infirmière en chef, que le patient quitterait l'hôpital trois jours plus tard. Ambroise avait signé tous les papiers qu'on lui présentait, dans lesquels il confirmait que Vincent était bien son fils et qu'il se chargeait de le recueillir chez lui. Puis ils étaient repartis, et, dans la voiture, le brigadier s'était félicité du fait que le problème était résolu et qu'il allait pouvoir classer le dossier. À plusieurs reprises, cependant, il avait félicité Ambroise pour son courage de prendre en charge un fils à la santé si précaire, et, une fois arrivé, il avait répété plusieurs fois :

– Bon courage, monsieur Saulnay. Bon courage !

Ils l'avaient laissé devant sa maison, étonné de se retrouver là après ce voyage qui l'avait éloigné de son univers familier, et Ambroise avait eu du mal à remettre ses idées en ordre. Il avait marché un long moment sur la rive gauche du Touvois avant de rentrer chez lui, afin de se réapproprier ce monde qu'il regagnait, perturbé de l'avoir quitté au matin.

Le soir même, Charlène était venue aux nouvelles à la tombée de la nuit, et elle s'était réjouie en entendant Ambroise lui confirmer qu'il avait retrouvé son fils. Il lui avait raconté tout ce qui s'était passé à l'hôpital : les murs blancs, le regard de Vincent, les questions du médecin, les papiers à signer, puis il avait conclu en disant :

– Il sera là dans trois jours. Je suis heureux, tu sais, j'ai attendu si longtemps !

– Je suis contente pour vous, Ambroise, très contente, avait-elle répété en l'embrassant.

Ils avaient encore discuté un long moment de Vincent puis, changeant de sujet, elle s'était inquiétée d'un faucon crécerelle qui s'en prenait aux canetons, ce qu'elle n'avait jamais constaté auparavant.

– Un petit faucon, vous vous rendez compte ? Qu'est-ce que cela peut bien signifier ?

Ambroise lui avait affirmé que les canes étaient de taille à les défendre, même contre une buse ou un faucon. Rassurée, Charlène était repartie après avoir dîné avec lui, le laissant seul avec l'image de l'homme assis dans son fauteuil à l'hôpital, vaguement anxieux, soudain, au souvenir de ce visage si étranger à celui dont il avait gardé l'image en lui. Et cette image demeura présente devant lui pendant toute la nuit, obsédante, inquiétante dans le noir de la chambre où le sommeil le fuyait.

Depuis ce soir-là, Ambroise attendait, ne vivait plus, ne travaillait plus. Certes, il partait sur l'eau en barque, faisait le tour de l'étang, s'arrêtait dans les îles pour inspecter les nids, mais c'est à peine s'il accordait de l'attention aux oiseaux dont le vol l'alertait soudain : il les suivait un instant des yeux, puis il les laissait disparaître et préparait les mots qu'il devrait prononcer pour réaccoutumer son fils à ce monde-là. Il se rassurait en songeant aux liens qui les avaient unis pendant des années, se disait qu'ils n'avaient pu se rompre entièrement : il suffirait de les renouer pour que Vincent retrouve la mémoire. De cela il se persuadait peu à peu, Ambroise, et cette confiance grandissait au fur et à mesure que les heures passaient, il prenait Marie, sa femme disparue, à témoin :

– Il vaut mieux que tu ne l'aies pas vu à l'hôpital, lui confiait-il. Ici, chez nous, ce ne sera pas pareil. Même s'il a changé, tu le reconnaîtras en l'entendant parler…

Et le jour tant espéré arriva : un matin resplendissant de lumière et des couleurs vives du printemps, que réchauffait un vent tiède au parfum de chèvrefeuille et de lilas.

Ambroise se leva de bonne heure, afin de faire un peu de ménage, ranger la maison, préparer le repas de midi, en essayant de se remémorer quel était le plat préféré de son fils, ce fils qui revenait, comme les oiseaux en automne, descendant vers le sud qu'ils avaient quitté au printemps. Pâté de canard, lui sembla-t-il, filets de perche ou carpe farcie, fromages de brebis, voilà qui devrait aider Vincent à s'installer, retrouver sa place, celle qui avait toujours été la sienne, face à sa mère, à la gauche d'Ambroise assis en bout de table.

Il sortit pour aller épuiser les perches dans son réservoir, ce qui n'était pas difficile car elles étaient nombreuses et pas encore trop vivaces, en cette saison. Il les vida, les nettoya, en tira des filets prêts à être frits, puis il rentra, fit cuire du riz, sortit les fromages du réfrigérateur, mit la table, et s'assit en se demandant ce qu'il pouvait faire de plus pour accueillir celui qui allait de nouveau partager sa vie.

19

Un bruit de moteur sur le chemin de rive l'alerta brusquement, et il se précipita. C'était Charlène, qui l'embrassa en demandant :

– Alors ? C'est le grand jour ?

– Oui. J'espère que tout ira bien.

– Je suis sûre que oui.

Elle le considéra un instant en souriant, remarqua :

– Vous vous êtes fait beau.

– Je n'irai pas sur le Touvois aujourd'hui, répondit-il, comme pour s'excuser.

– J'ai fait le tour au lever du jour. Ne vous inquiétez pas. Tout va bien. Le faucon est parti.

– Tant mieux.

Elle refusa d'entrer, prétextant comme d'habitude l'arrivée d'un car de touristes, et elle l'embrassa de nouveau, avant de s'en aller.

– Tu repasseras ce soir ? demanda-t-il.

– Non. Pas ce soir. Demain. C'est promis.

Et, comme une ombre de déception avait passé sur le visage d'Ambroise :

– Il faut le laisser s'habituer.

– Oui. Tu as raison.

Il se retrouva seul de nouveau, mais ne se résigna pas à rentrer. Il se mit à faire les cent pas sur le chemin de rive, consulta sa montre, mais il n'était que dix heures. À supposer que l'ambulance soit partie à huit heures, elle ne pouvait pas être là avant onze heures. Ambroise décida alors d'aller jusqu'à sa barque pour la nettoyer et s'assurer que le deuxième banc, face au rameur, était en bon état. En fait, la planche était pourrie, et il se mit en devoir de la remplacer, ce qui l'occupa un long moment.

Ensuite, il observa les arbres qui se balançaient avec des grâces de danseurs, imagina qu'ils se réjouissaient avec lui de l'arrivée de Vincent. Devant lui, le gris faïencé de l'eau jouait dans les rayons du soleil qui, par endroits, paraissaient rebondir vers les rives en y jetant des éclats d'or. Ambroise en fut certain : le domaine se faisait beau lui aussi, pour accueillir celui qu'il avait connu tout enfant. Cette évidence chassa ses dernières appréhensions et il prêta l'oreille à un bourdonnement qui enflait, lui sembla-t-il, là-bas, au-delà de la digue.

C'était bien le bruit d'un moteur. Lâchant ses outils, il se mit à courir, aperçut une longue voiture blanche qui avançait doucement, hésitait, puis s'arrêta devant la maison. Il trébucha, faillit tomber, arriva à bout de souffle, au moment où une infirmière ouvrait la portière arrière et aidait à sortir du véhicule un homme qu'il sembla d'abord à Ambroise n'avoir jamais vu.

Ce fut seulement à l'instant où il lui fit face, toujours soutenu par l'infirmière, qu'Ambroise reconnut le visage étrange et le regard vide, qui ne se posa pas sur lui, mais sur les arbres de la rive, comme s'ils éveillaient un écho en lui. Il se précipita pour aider l'infirmière qui lui dit :

– Laissez ! J'ai l'habitude.

Ambroise passa devant eux pour ouvrir la porte, les fit entrer, non sans remarquer que le chauffeur ne descendait pas du véhicule. Il les fit asseoir sur le divan de cuir épais, voulut offrir aux visiteurs quelque chose à boire, mais l'infirmière refusa en disant :

– Je n'ai pas le temps.

Puis, se levant, sa petite mallette à la main :

– Je dois vous rappeler ce que je vous ai expliqué à Paris et vous montrer les médicaments que votre fils doit prendre.

Elle ouvrit sa mallette, montra des pilules de différentes couleurs, mais Ambroise écoutait à peine : du coin de l'œil, il observait l'homme assis qui ne bougeait pas, et il lui tardait seulement de se retrouver seul avec lui. Impatientée, l'infirmière demanda :

– Vous m'écoutez, monsieur Saulnay ?

– Oui. Je vous écoute.

– C'est important, vous savez ? Votre fils doit les prendre scrupuleusement.

– Oui, je sais.

L'infirmière, une forte femme à chignon et aux épaisses lunettes soutenues par un petit cordon mauve derrière la tête, répéta plusieurs fois ses recommandations, puis, de guerre lasse, devant le peu d'attention que lui prêtait Ambroise, elle prit congé froidement et s'en alla en disant :

– Si vous ne vous y retrouvez pas, je suppose que vous saurez téléphoner ?

Ambroise ne répondit pas mais il la raccompagna jusqu'à la porte et il la remercia rapidement, sans même penser à ce qu'il disait. Il regarda à peine s'éloigner le véhicule puis il rentra très vite dans la maison, s'assit face à son fils, et lui sourit.

20

– VINCENT ! Tu dois être content de te retrouver chez toi ? fit-il d'une voix volontairement enjouée.

Il ne s'attendait pas vraiment à une réponse, mais plus que l'absence de voix, ce fut le regard qui, de nouveau, le glaça. Il était ouvert sur un vide immense, au point qu'Ambroise se demanda si c'était bien l'homme qu'il avait découvert à Paris.

– Vincent ! répéta Ambroise. Tu es chez toi.

Et, comme le visage demeurait sans expression, il s'approcha, prit son fils par les épaules, répéta :

– C'est chez toi, ici. Tu y as grandi, entre ta mère et moi.

Il se tut un instant, recula d'un pas, s'assit :

– Ta mère, Marie, et moi, Ambroise, on a toujours habité là. Tu allais à l'école à Lignières. Tu te souviens ? Lignières.

Vincent cilla, une lueur fragile s'alluma dans les

yeux, puis s'éteignit aussitôt. Ambroise se leva, reprit :

– Ça ne fait rien : on a le temps. Demain, à l'aube, on ira voir les oiseaux sur l'étang. Tu sais ? Le grand Touvois.

Puis, décontenancé par l'absence d'émotion, alors qu'il s'était persuadé qu'un déclic allait se produire chez Vincent en reconnaissant la maison de son enfance :

– Viens ! Je vais te faire visiter : tu vas te retrouver.

Il prit son fils par le bras, le conduisit dans la petite chambre où Vincent avait dormi, ouvrit la porte et dit :

– C'est ton lit. Rien n'a changé, tu vois ?

La chambre étroite contenait un lit à une place recouvert d'un dessus rouge, un cosy entre le mur et ce lit, et, de l'autre côté, une chaise de paille. Un placard sans porte, à une étagère surmontant une penderie munie d'une courte tringle, lui faisait face.

– Tu te reconnais ?

Vincent parut l'interroger du regard, comme s'il ne comprenait pas ce qu'Ambroise lui voulait.

– C'est ta chambre, répéta-t-il. Tu vas dormir là, comme avant, quand tu étais petit.

Et, comme Vincent ne réagissait toujours pas, Ambroise le dirigea vers la chambre qui avait été la sienne et celle de son épouse, puis lui montra la petite salle de bains, les toilettes, et, devant l'absence de réaction, s'arrêta, découragé, en disant :

– Tu as sans doute faim. Je vais faire frire des perches. C'est ce que tu préférais.

Toujours pas de réponse. Il revint alors vers la cuisine ouverte sur la salle à manger, tourna le dos à son fils, alluma le feu sur sa cuisinière, se saisit d'une poêle, y répandit de l'huile, et y déposa les filets, qui, presque aussitôt, commencèrent à grésiller. Il avait mis deux couverts sur la table dès le matin, ouvert une boîte de pâté, coupé du pain, et en quelques minutes le poisson fut cuit. Tout était prêt.

– Viens t'asseoir là, à ta place, dit Ambroise en se retournant. Tu te souviens ?

Pas de réponse, et toujours ce regard plein d'incompréhension, impossible à soutenir.

– Il faut t'asseoir là, pour manger, répéta Ambroise.

Il ajouta, tandis que son fils demeurait inerte, vaguement hostile :

– Du pâté de canard et des perches. Tu aimais beaucoup ça. Rappelle-toi !

Finalement, il alla de nouveau prendre son fils par le bras et Vincent se laissa guider jusqu'à la place qu'il occupait lors de chaque repas. Ambroise en fut soulagé, et il lui versa un verre de vin en précisant :

– C'est du sancerre rouge.

Puis il s'assit à la gauche de son fils, lui servit du

pâté et lui donna un morceau de pain. Comme Vincent ne réagissait pas, Ambroise étala un peu de pâté sur le pain, le lui tendit en disant :

– Il est bon, tu sais. Je le fais moi-même, comme avant.

Et, en forçant un peu la voix :

– Mange maintenant… Il faut manger.

Lui-même porta un morceau de pain couvert de pâté vers sa bouche, se mit à mastiquer, murmurant :

– C'est bon.

Alors Vincent souleva son bras, ouvrit la bouche, se mit à manger lentement, et Ambroise en fut aussitôt soulagé : c'était comme une première victoire.

– C'est bon ! répéta-t-il, en montrant du doigt le bocal de pâté.

Aucune satisfaction ne se manifesta sur le visage de Vincent, mais il continua à manger ce qu'Ambroise lui donnait. Et il en fut de même pour les filets de perche et le fromage, si bien qu'Ambroise se revit fugacement au temps où son fils était enfant, et où il lui donnait à manger comme les oiseaux donnent la becquée à leurs petits. Mais loin de le rasséréner, cette pensée, au contraire, lui fit mal : comment cet homme mûr, son fils, avait-il pu ainsi retomber en enfance ? Que s'était-il réellement passé, là-bas, de l'autre côté de l'océan ? Est-ce que son cerveau avait été irréversiblement touché ? Vincent était-il condamné à vivre ainsi dépendant tout le restant de ses jours ? Non ! Ce n'était pas possible. Il ne méritait pas ça, et de toute façon il était là, lui, Ambroise, pour le ramener à la vie.

Il s'aperçut alors qu'il avait oublié de lui donner ses médicaments, et il se hâta d'ouvrir le pilulier que lui avait confié l'infirmière. Il en sortit trois cachets de couleurs différentes, s'inquiéta de savoir si son fils allait accepter de les prendre, mais il n'eut pas besoin d'insister, car Vincent était habitué : il avala les trois pilules l'une après l'autre, au grand soulagement d'Ambroise qui demanda :

– Tu veux peut-être te reposer, maintenant ? Viens !

Il conduisit de nouveau Vincent dans sa chambre et dit :

– Je te laisse. Couche-toi. Tu dois être fatigué.

Ambroise hésita, puis il lâcha le bras de son fils, le poussa un peu vers le lit, enfin il recula, sortit, et referma la porte derrière lui. Il attendit quelques secondes, écouta, n'entendit pas le moindre bruit, et il s'éloigna vers la cuisine pour vaquer à ses occupations.

21

À PEINE avait-il commencé à débarrasser la table que la porte de la chambre s'ouvrit et que Vincent apparut, semblant perdu, comme un enfant abandonné par ses parents en un lieu inconnu.

– Tu n'es pas fatigué ? demanda Ambroise.

Vincent se mit à marcher vers lui puis s'arrêta, les bras ballants, à un mètre. Il eut alors subitement un geste qui bouleversa Ambroise : il posa sa main droite sur son poignet et le serra.

– Tu ne veux pas dormir ?

Pas de réponse.

– Tu as raison. Viens ! Il ne fait pas trop chaud, on va voir l'étang et les oiseaux.

Il n'eut pas besoin de soutenir Vincent, car celui-ci n'avait pas lâché son poignet. Une fois dehors, le grand éclat du soleil sur l'eau du Touvois les éblouit. Il sembla à Ambroise que Vincent chancelait, et il se hâta d'avancer vers l'ombre des chênes de la rive. Là, il s'arrêta, et dit, d'une voix la plus douce possible :

– Tu peux me lâcher. Tu ne risques rien.

La poigne de son fils, au contraire, s'affermit. Ambroise sentit une vague d'angoisse monter vers sa gorge qui se serra : il avait laissé partir un homme, et c'était vraiment un enfant qui lui était revenu. Et cet enfant était perdu, loin, ailleurs, Ambroise ne savait où, mais si loin qu'il se demandait maintenant s'il allait pouvoir l'atteindre et le ramener vers lui. Une atroce pensée lui vint alors, qu'il s'efforça de chasser aussitôt : et si cet homme n'était pas Vincent, mais un étranger qui n'avait jamais connu ni la maison, ni la petite chambre, ni l'étang qui scintillait entre les feuilles des arbres avec des reflets de miroir ? Comment comprendre, en effet, cette indifférence à ces lieux dans lesquels Vincent avait passé de nombreuses années de sa vie ?

Surmontant son angoisse, Ambroise s'approcha de l'eau entre deux acacias, provoquant le départ léger d'un héron qui pêchait près de la rive. À cet instant, la main de Vincent lâcha son poignet, comme si cet envol soudain alertait quelque chose en lui : un souvenir, peut-être, ou une image imprimée dans les strates les plus profondes de son cerveau. Le cœur d'Ambroise se mit à battre plus vite.

– Regarde ! dit-il. Là-bas, en face, c'est la grande île. On y allait souvent, et on y dormait quelquefois.

Le vert des arbres et des roselières semblait danser dans la lumière. Sur les rives, les ombrages épaississaient les ondulations de la chaleur qui venaient y mourir en vaguelettes couleur de cuivre. Au-dessus, le ciel d'un bleu écru était par instants troublé par les oiseaux qui désertaient la lande où ils avaient picoré, pour regagner leurs nids.

– Des souchets, dit Ambroise.

Il ajouta, se tournant vers son fils :

– Et là-bas, tu vois, à gauche de l'île, ces taches blanches, ce sont des aigrettes garzettes. Il n'y en a pas beaucoup, mais trois couples se sont arrêtés cette année.

Vincent parut intéressé, il cilla comme à son habitude, un éclair de vie s'alluma dans ses yeux mais s'éteignit aussitôt. Une ombre passa au-dessus d'eux, les frôlant presque, puis l'oiseau apparut, se dirigeant vers l'île à grands coups d'ailes.

– Un circaète Jean-le-Blanc, fit Ambroise en le montrant du doigt. Tu as dû en voir beaucoup au Québec. On en trouve jusqu'en Alaska : je l'ai lu dans un livre.

Le regard de Vincent s'appesantit un peu sur Ambroise, il ouvrit la bouche, mais, une nouvelle fois, aucun son n'en sortit.

– Viens ! Suis-moi ! dit alors Ambroise. D'un peu plus loin, on voit la rive d'en face.

Ils marchèrent côte à côte, lentement, mais Ambroise n'avait plus besoin de guider Vincent : il marchait de lui-même à son côté droit. Ambroise le dévisageait de temps en temps, espérant une réaction, un mot, un sourire, mais rien ne se manifestait, si bien qu'ils ne restèrent que peu de temps au milieu de l'espace dégagé sur la rive, entre des saules nains.

Alors, soudain très las, Ambroise revint vers la maison après avoir montré à son fils un busard des roseaux qui rôdait au-dessus des roselières.

– Demain, dit-il, on ira sur l'eau avec la barque.

Et il se réfugia dans l'espoir que la lumière du matin réveillerait des sensations que ce premier après-midi avait été incapable d'aller chercher au fond d'un esprit trop endommagé lors de la chute d'un avion tombé du ciel.

22

Quand il voulut réveiller Vincent, le lendemain, il le trouva debout dans la cuisine, errant comme une âme en peine, en pyjama, se demandant sans doute où il se trouvait après avoir séjourné si longtemps dans une même pièce, à l'hôpital.

– Il faut t'habiller, dit Ambroise en le reconduisant dans sa chambre. Je vais faire du café en attendant.

Vincent obéit sans difficulté, et, au contraire de la veille, bizarrement, la pensée de se trouver en présence d'un enfant fit du bien à Ambroise. En somme, ils étaient revenus plus de trente ans en arrière, et tout pouvait recommencer comme avant. Son fils avait tout à réapprendre, ils allaient retrouver cette complicité qui les avait longtemps liés, dans la maison, sur les étangs, partout : c'était de cette manière qu'il fallait recommencer à vivre. C'était aussi la seule façon d'espérer en l'avenir, de parvenir à rassembler ses forces pour faire face à ces moments où Vincent redevenait brusquement un étranger, un inconnu qu'il fallait ramener patiemment vers soi, avec douceur pour ne pas l'effrayer.

Après avoir mis son café à chauffer, Ambroise alla frapper à la porte de la chambre, mais personne ne répondit. Il ouvrit, aperçut Vincent assis sur son lit, immobile, le regard perdu, qui ne réagit même pas en le voyant entrer. Ambroise s'assit près de lui, entoura ses épaules du bras, se mit à lui parler à voix basse :

– Il faut t'habiller. Ensuite on va déjeuner et on ira sur l'étang, comme on en avait l'habitude.

Il hésita un peu devant ce mur auquel, une fois de plus, il se heurtait, puis il reprit :

– Je t'ai fabriqué une rame neuve. Je suis sûr que tu sauras la manier comme je t'ai appris. Tu te souviens ? Tu devais avoir six ou sept ans, guère plus. C'était l'été, un matin, pendant les grandes vacances, tu riais, tu étais si content !

Vincent tourna son visage vers son père, mais Ambroise comprit qu'il y avait en lui une digue dressée entre le présent et le passé, et que Vincent ne parvenait pas à la franchir. C'était comme si une lumière s'était éteinte dans son cerveau et ne réussissait plus à éclairer la plus grande partie de sa vie. Une grande ombre posée sur sa mémoire, un voile impossible à soulever, du moins pour le moment.

Ambroise frissonna, se leva, et tendit ses vêtements à son fils.

– Habille-toi ! répéta-t-il. Et viens déjeuner. Tu dois avoir faim.

Mais, comme il ne réagissait pas, Ambroise, sans le brusquer, l'aida à enlever sa veste de pyjama et, à cet instant, Vincent parut comprendre ce que son père lui demandait. Rassuré, Ambroise repassa dans la cuisine, laissa la porte ouverte et continua de parler :

– On va déjeuner comme autrefois : du vieux pain, du beurre et du café très fort. J'ai un peu perdu l'habitude aujourd'hui, depuis que je vis seul. Je ne vais plus faire les courses : c'est Charlène qui me porte ce dont j'ai besoin. Tu la verras ce soir. Elle m'a promis de passer. Elle connaît les oiseaux, elle est très gentille et ne demande qu'à rendre service.

Il poursuivit de cette manière un long moment, et, quand il se retourna, Vincent se tenait derrière lui, tout près.

– Assieds-toi ! dit Ambroise, surpris. Ne reste pas là, debout comme ça. Coupe-toi du pain. J'arrive avec le café.

Vincent alla s'asseoir et attendit, sans esquisser le moindre geste. Il fallut qu'Ambroise vienne à côté de lui et prenne l'initiative d'étaler du beurre sur une tranche de pain qu'il posa devant son fils. Comme avant. « Finalement, c'est peut-être une deuxième chance qui nous est donnée », songea-t-il avec une satisfaction presque sincère. Tout réapprendre. Tout reconstruire, mais en veillant à ce que rien ne puisse, un jour, les séparer de nouveau. N'était-ce pas mieux ainsi ?

Ambroise avait besoin de ces pensées réconfortantes, mais il ne s'y attarda pas. Pressé d'aller sur l'eau, il hâta le petit déjeuner, présenta le bol de café à Vincent qui leva sur lui un nouveau regard d'incompréhension, mais but aussitôt et suivit son père dès qu'il franchit la porte sans même avoir débarrassé la table.

Une fois dehors, Vincent posa sa main, comme la veille, sur le poignet d'Ambroise, qui se tourna vers lui en souriant :

– N'aie pas peur, dit-il. Tu es déjà allé sur l'eau.

Il ajouta, comme Vincent fronçait les sourcils :

– Plus d'une fois, tu sais.

La lumière du matin crépitait entre les frondaisons. L'air sentait l'eau, le sable, les feuilles des arbres encore un peu humides de la nuit. Ambroise se retourna une nouvelle fois et dit :

– Tu peux me lâcher. Il n'y a pas de danger.

Mais comme Vincent, une fois de plus, paraissait ne pas l'entendre, il préféra ne pas insister et il se hâta de gagner le petit ponton où était amarrée sa barque.

– Monte ! dit-il alors. Écarte bien les pieds pour tenir l'équilibre et assieds-toi sur la planche du fond !

Vincent ne bougea pas. Il fallut qu'Ambroise le prenne par l'épaule, le pousse en avant et l'installe face à lui, non sans provoquer cette même lueur d'incompréhension qui, chaque fois, était aussi douloureuse pour l'un que pour l'autre. Ambroise fit mine de ne pas la remarquer et, au contraire, d'un coup de rame énergique, il décolla la barque de la rive, se dirigeant vers la grande île encapuchonnée sous une coiffe de brume qui rosissait.

La lumière semblait cascader sur l'eau, que des vaguelettes froissaient dans un murmure de feuillages délicatement troussés par le vent. Brisant le silence, quelques appels d'oiseaux montaient de temps en temps – des oiseaux que nommait Ambroise, comme pour rassurer Vincent qui, aussitôt, tournait la tête vers les roselières :

– Un garrot à œil d'or, expliqua Ambroise en désignant un oiseau qui s'envolait à leur approche. J'ai vu le nid la semaine dernière. Je te le montrerai…

Vincent le suivit des yeux, puis il revint vers Ambroise en lui donnant cette fois l'impression qu'il avait enfin compris ce qu'il lui disait.

23

AU FUR et à mesure qu'ils traversaient, l'éclat du jour devenait aveuglant sous le soleil qui aiguisait son foyer incandescent de la belle saison, comme au cœur d'une forge portée au rouge. Vincent regardait de tous côtés, mais Ambroise comprit qu'il s'apaisait, maintenant assis sur la barque redevenue stable. Il se souvint alors de son idée de lui confier une rame, et il la tendit à son fils, qui, d'abord, la considéra avec circonspection, puis la prit, toujours hésitant, se demandant peut-être comment manier cet outil.

– Tu savais si bien ramer, lui dit Ambroise. Ce sont des choses qui ne s'oublient pas, ça.

La barque commençait à dériver, poussée par un petit vent d'ouest, et allait sortir peu à peu du couvert de l'île d'où s'envolait un couple de harles piettes.

– Montre-moi ! reprit Ambroise.

Et, comme le regard de Vincent courait de son

père à la pointe de l'île, puis des roselières à la berge de droite, il ajouta :

– Dépêche-toi ! Le vent nous fait dériver.

Alors il se passa quelque chose qui fit bondir le cœur d'Ambroise : Vincent plongea la rame sur tribord et, d'un coup de bras vigoureux, redressa la barque qui fit face au vent. Puis, comme si un réflexe familier le poussait, il se mit à ramer en se déplaçant légèrement sur la planche, pour mieux peser sur l'eau. C'étaient là des gestes qu'il fallait avoir appris pour pouvoir les utiliser. Ambroise sentit ses yeux se mouiller. C'était bien son fils qui se trouvait en face de lui et ramait droit vers l'île, il en était sûr, à présent. Oui, c'était bien Vincent qui faisait pénétrer la rame en douceur dans l'eau sans cogner le bois pour ne pas effrayer les poissons ni les oiseaux, Vincent qui donnait un coup de poignet pour redresser quand c'était nécessaire, Vincent enfin, qui manœuvra habilement pour faire glisser la barque sur la berge sans bruit, à l'écart des roseaux.

Ambroise voulut le féliciter comme il le faisait quand Vincent était petit, mais les mots ne purent franchir ses lèvres. C'était trop d'émotion, tout à coup, cette certitude de l'avoir retrouvé, après avoir attendu si longtemps. Cependant l'effort avait épuisé Vincent qui n'y était plus habitué.

– Viens ! dit Ambroise. Asseyons-nous une minute.

Au-delà de la petite plage, un tronc abattu par une tempête d'hiver servait non seulement à arrimer la barque, mais aussi, souvent, de siège pour observer l'eau. Ils prirent place, mais ils étaient face au soleil qui montait. L'éclat des rayons sur l'eau était éblouissant, au point qu'on ne pouvait y ancrer le regard. Ambroise écoutait la respiration saccadée de son fils, s'en inquiétait.

– Je n'aurais pas dû te confier le bateau, dit-il. C'est trop d'efforts, pour toi, encore.

Vincent ne répondit pas. Il regardait devant lui le Touvois qui jetait à présent des éclats de cuirasse insoutenables aux yeux. Il les avait fermés à moitié, mais il avait perdu cet air inquiet du moment où ils s'étaient approchés de l'étang, de l'autre côté.

– C'est chez toi, ici, souffla Ambroise.

Vincent tourna la tête vers son père, semblant l'interroger.

– La première fois que je t'ai emmené sur l'étang, nous avons accosté ici, exactement. Tu devais avoir quatre ans. Ta mère était inquiète, mais je savais que je pouvais t'emmener sans risque.

Il précisa, comme Vincent, à son habitude, fronçait les sourcils, à la recherche de souvenirs perdus :

– Oui. Ta mère : Marie.

Mais il n'insista pas. L'épisode de la rame maniée sans difficulté par son fils lui avait suffisamment apporté de satisfaction. Il ne fallait pas aller trop vite, de peur que cet instant de joie ne se brise. Il attendit patiemment que le souffle de Vincent redevienne normal, puis il se leva en disant :

– Viens ! Je vais te montrer où niche le couple de garrots à œil d'or. C'est tout près, là-bas, derrière les saules.

Et ils partirent entre les arbres nains et les hélianthèmes, vers la végétation plus fournie du cœur de la grande île, où, dans un creux couvert de mousse, Ambroise montra les petits tardifs des garrots éclos depuis quelques jours.

Ils les admirèrent un moment, le bec ouvert, les yeux d'un noir profond, les plumes encore fragiles, inquiets de la présence humaine qu'ils percevaient pour la première fois.

– Laissons-les ! fit Ambroise subitement. Il ne faudrait pas que les parents les abandonnent !

Et il entraîna Vincent vers une reconnaissance des lieux qu'il avait tant aimés, jadis, nommant de nouveau les plantes, les fleurs, les arbres, les oiseaux qui s'envolaient à leur approche, mais sans véritable crainte. Ils n'allaient pas loin et revenaient dès que les deux hommes s'étaient éloignés des nids.

Après la grande île, ils visitèrent les landes et les bois environnants, notamment ceux que Vincent traversait en allant à l'école. Ambroise parlait, expliquait, racontait, et Vincent écoutait avec, à présent, plus d'attention, comme si son esprit acceptait plus facilement les mots, les souvenirs – comme si un écho lui revenait enfin, encore vague, mais perceptible au moins, depuis les cantons les plus éloignés de sa mémoire.

Ils ne rentrèrent que vers midi. Au retour, Ambroise ne confia pas de nouveau la rame à Vincent, car il était très fatigué. Le soleil écrasait maintenant le Touvois, qui frémissait d'une sorte de palpitation soyeuse courant jusqu'à la rive. Une lumière fauve dorait la cime des arbres d'un jaune d'or de genêts. Elle coulait en minces traits à travers les feuilles, faisant scintiller la poussière du chemin. Il était temps d'aller déjeuner.

Apaisé, Ambroise marchait lentement et se retournait de temps en temps : Vincent le suivait sans hâte, calme, le visage détendu, mais sans un mot. Ambroise souriait : il était certain, maintenant, que c'était bien son fils qui l'accompagnait sur le chemin blanc de poussière, et qu'ils avaient le temps, désormais, de reconquérir toutes les années perdues.

DEUXIÈME PARTIE

LA LUMIÈRE DE L'ÉTÉ

24

DEUX mois avaient passé. L'été s'appesantissait sur les étangs où les oiseaux nés du printemps avaient pris leur envol et quittaient les îles dès l'aube pour n'y revenir que le soir, après avoir trouvé leur nourriture dans les chaumes ou les bois voisins. Les nuits sucrées d'étoiles parvenaient à peine à faire baisser la température des jours, si bien qu'Ambroise et Vincent sortaient le matin jusqu'à onze heures, puis, seulement, de nouveau, en fin d'après-midi, à l'heure où la chaleur tombait un peu. La paix des soirs les trouvait réunis, assis devant la maison. Les fines lames du soleil couchant luttaient alors un moment contre les ombres bleues, puis s'éteignaient dans un brusque embrasement d'étoupe d'un rouge orangé. Ils restaient là, immobiles, silencieux, dans le parfum poivré de l'herbe et des fleurs, jusqu'à ce que le sommeil les sépare.

Ils s'étaient peu à peu réhabitués l'un à l'autre, lentement, précautionneusement, sans le moindre mouvement d'impatience. Vincent avait retrouvé une vie à peu près semblable à celle qu'il avait menée avant son départ. La maison lui était redevenue familière : il ne s'y sentait plus perdu comme aux premières heures de son retour. Il aidait Ambroise aux tâches ménagères, il prenait désormais ses médicaments tout seul, il lui arrivait de s'en aller en barque sur l'eau sans que son père s'en inquiète, pourvu que ce ne soit pas trop longtemps. S'il tardait trop, Ambroise venait le guetter depuis la rive, dissimulé dans un bosquet de frênes, et il rentrait en toute hâte, pour ne pas se trahir, dès que la barque apparaissait en contournant les frondaisons des îles.

Vincent s'était également habitué à Charlène, qui passait chaque jour, et, comme Ambroise, s'adressait à lui avec ménagement – un peu comme s'ils avaient été deux frère et sœur en bas âge, songeait Ambroise que cette rapide complicité étonnait, mais ravissait en même temps. Il devinait qu'elle était intriguée par cet homme jeune qui avait souffert et gardait ses secrets en lui, profondément enfouis. Que cachaient ce silence ininterrompu, ces mystères que Vincent portait sans pouvoir s'en délivrer ? Quelle vie avait-il menée, là-bas, au nord des Grands Lacs, entre le Labrador et l'Alaska ? Voilà sans doute les questions qu'elle se posait en présence de Vincent, cet homme surgi brusquement de nulle part, si fragile qu'elle avait envie, semblait-il à Ambroise, comme lui, de le protéger.

Vincent paraissait continuellement chercher dans une mémoire enfouie les images d'un passé qui se refusait toujours à lui. Les mots sortaient difficilement de sa bouche. Ambroise essayait de l'aider, lui posait des questions mais n'insistait jamais, car ces efforts épuisaient Vincent et le rendaient parfois distant, presque étranger. Ambroise avait alors la désagréable impression de l'avoir perdu une nouvelle fois, et il se disait qu'il fallait se montrer patient, tout simplement.

Pourtant, à plusieurs reprises, pendant ces deux mois, il avait semblé à Ambroise que la parole n'était pas loin, au moment où les lèvres de Vincent s'ouvraient, surtout le soir, à l'heure où ils se retrouvaient seuls, tout proches, dans la maisonnette, ou sur la barque, à l'instant où, brusquement, un oiseau s'envolait devant eux, toutes ailes déployées. Vincent, alors, le suivait des yeux jusqu'à ce qu'il disparaisse à l'horizon.

– Un chevalier à pattes jaunes, disait Ambroise.

Ou, parfois :

– Une barge à queue noire, un courlis cendré…

Il avait l'impression que ces noms familiers alertaient quelque chose dans l'esprit de Vincent. Ses sourcils battaient, son visage se crispait sous l'effet d'une intense réflexion, mais rien ne venait franchir la digue élevée par l'accident subi dans ce Québec lointain, devenu redoutable et inquiétant. Ambroise le rassurait en murmurant :

– Ne t'en fais pas. Je t'ai attendu si longtemps que je peux bien attendre encore un peu que tu puisses parler. Rien ne presse, désormais.

Il préparait à son fils ses plats favoris, prévenait ses envies, le conduisait sur les traces de leur complicité d'avant, et, comme sur la barque le jour où Vincent avait manié adroitement la rame, Ambroise se réjouissait de le voir retrouver les gestes que le choc subi par son cerveau n'avait pas entièrement effacés.

Vincent savait toujours faucarder, poser des pièges, des nichoirs, découvrir les nids, tailler des arbres, distribuer les grains, aménager des passes, construire des affûts, observer les oiseaux et les dénombrer : tout ce qu'il avait appris près de son père au cours des années. Et ces gestes-là entretenaient l'espoir, chez Ambroise, d'une parole qui se réveillerait un jour. Il saurait enfin ce qui s'était passé, comment Vincent avait vécu là-bas, si loin du Touvois de son enfance, et ce qu'il avait pu découvrir des grands oiseaux auxquels il rêvait depuis son plus jeune âge.

25

AFIN qu'il retrouve plus aisément la mémoire, Ambroise avait projeté un moment de le reconduire là-bas, mais il ne s'en sentait pas la force. Revenir à Paris, prendre l'avion, s'orienter dans un pays inconnu – et si grand, disait-on –, alors qu'il n'avait jamais quitté son univers familier, représentait une perspective inenvisageable. Il avait beau tourner et retourner ce projet dans sa tête, il ne parvenait pas à se convaincre d'en prendre la décision. Un jour, après bien des hésitations, il en avait fait la confidence à Charlène en des termes soigneusement préparés :

– Tu saurais, toi, voyager jusque là-bas. Tu pourrais l'emmener. Je suis sûr qu'il te suivrait et qu'il serait content.

Elle avait répondu, en souriant, d'une voix amusée :

– Vous seul, Ambroise, pouvez le conduire.

Elle avait ajouté, comme à regret :

– Moi, je ne suis rien pour lui. Je n'ai pas vécu avec lui. Vous, si. C'est de vous qu'il a besoin. Pas de moi.

– Il a besoin de quelqu'un qui soit jeune, plein d'énergie, et moi je ne peux pas lui en donner.

Elle n'avait pas répondu, et il avait craint de l'avoir heurtée en insistant de la sorte, mais non : elle était revenue chaque fois qu'elle le pouvait, observant maintenant Vincent avec une curiosité nouvelle. Ambroise se disait que, peut-être, grâce à Vincent elle espérait découvrir l'immensité de la terre et du ciel, les espaces vierges au-dessus desquels volaient des oiseaux inconnus, plus libres et plus sauvages que ceux qu'elle côtoyait depuis toujours : les oies sauvages au bec rose de la baie d'Hudson, les bernaches du Labrador, les pygargues à tête blanche des Grands Lacs, les sternes de l'Arctique.

Voilà les mots qu'elle aurait voulu entendre, sans doute, mais rien ne venait satisfaire cet espoir d'approcher les grands voyageurs du ciel, de les accompagner vers leur zone de reproduction, au-delà du détroit d'Hudson, vers la presqu'île de Baffin, là où les arbres ne poussent plus, où la neige recouvre l'espace à l'infini. Mais comment faire pour réveiller chez Vincent la parole qui le fuyait et ressusciter des souvenirs si profondément enfouis ? Ils en discutèrent à plusieurs reprises, finirent par trouver une idée qui leur parut sensée : s'entretenir tous deux à voix haute, devant Vincent, des espaces fabuleux qu'il avait approchés.

Ainsi ils prirent l'habitude de répéter ces noms chargés de mystère et de grandeur, dont la seule évocation rallumerait peut-être la flamme d'un foyer éteint. Ils devinèrent alors, au fil des jours, qu'ils suscitaient un écho chez Vincent, et que le succès était proche. Pourtant, déjà le mois d'août s'achevait en langueurs suffocantes, et peu de mots franchissaient les lèvres encore obstinément closes.

Passé le milieu du mois, de brefs orages s'abattirent sur les étangs après avoir longtemps rôdé, en crevant comme à regret dans des roulements de tonnerre et des cataractes de pluie. Les jours, alors, commencèrent à diminuer vraiment et la lumière faiblit comme celle d'une lampe qu'on baisse. Les soirées devenant moins longues et souvent plus sombres, Ambroise se résolut à allumer sa vieille télévision, et, assis sur le canapé à côté de Vincent, à regarder le plus souvent des documentaires.

C'est alors qu'un soir, devant un reportage sur les Alpes françaises, apparut un univers de neige immensément blanc, souligné seulement par la présence de quelques sapins sur les crêtes. Vincent eut comme un frémissement, se redressa brusquement et murmura :

– Nu… na… vik.

– Qu'est-ce que tu dis ? demanda Ambroise, alerté par ce mot dont il ignorait tout.

– Nu… na… vik, répéta Vincent.

Ce fut tout. Ambroise eut beau le questionner, insister, il ne parvint pas à tirer autre chose de la bouche redevenue close. Une porte s'était ouverte mais s'était refermée aussitôt. Ambroise en fut déçu, mais sa déception ne dura pas longtemps. Qu'importait d'ailleurs qu'il y eût d'autres mots, d'autres révélations ce soir-là ! Vincent avait pour la première fois parlé de sa vie là-bas : une digue s'était rompue, Ambroise en était sûr. Il se coucha en se promettant d'en parler à Charlène dès le lendemain, et il s'endormit avec la certitude que son fils avait franchi le pas décisif vers la délivrance.

26

CHARLÈNE ne fut pas vraiment étonnée par ce qu'Ambroise lui apprenait. Elle avait imaginé toutes sortes d'explications à cette absence qui avait trop duré, y compris une disparition volontaire dans une contrée déserte et sans le moindre moyen de communication.

– Nunavik… Nunavik, répéta-t-elle, dès qu'Ambroise lui eut révélé ce qu'il s'était passé la veille. C'est un nom qui me dit quelque chose. J'interrogerai mon ordinateur à midi et je repasserai ce soir.

Elle tint parole, revint après le repas et trouva les deux hommes devant la porte de la maisonnette, qui regardaient la nuit s'avancer, déchirée par de grands éclairs fauves dans les lointains. Les oiseaux regagnaient les îles à coups d'ailes rapides, par groupes de deux ou trois, striant le ciel lourd de nuages au ventre d'ardoise. Il faisait doux, grâce à un vent venu du sud-ouest qui annonçait à coup sûr un nouvel orage pour la nuit.

Ils rentrèrent aussitôt, et Charlène s'assit près d'Ambroise, sur le canapé adossé au mur, face à Vincent installé dans un fauteuil. Avec sa vivacité coutumière elle leur révéla tout de suite ce qu'elle avait appris, haussant même la voix, afin que les deux hommes – et Vincent en particulier – entendent bien ce qu'elle avait à dire. Sans doute espérait-elle provoquer une nouvelle réaction de la part de Vincent, qui, effectivement, prêta l'oreille dès qu'elle commença à expliquer ce qu'elle avait découvert au cours de ses recherches :

– Le Nunavik se situe au nord du Québec, entre la baie d'Hudson et la mer du Labrador. C'est le territoire des Inuits. Au nord, par la péninsule d'Ungava, il est séparé de la presqu'île de Baffin par le détroit d'Hudson. L'hiver y dure d'octobre à juin, avec des températures pouvant atteindre moins quarante. Il peut y avoir plus de deux mètres de neige pendant sept mois de l'année. Les tempêtes y sont fréquentes et violentes, sur un territoire qui s'étend sur des milliers de kilomètres. Les Inuits parlent encore entre eux l'inuktitut, leur langue d'origine.

Elle se tut, attendit un moment en observant Vincent, puis elle ajouta :

– Ils sont géographiquement divisés en deux zones :

la zone nord et ouest – c'est-à-dire le détroit et la baie d'Hudson –, et la zone est – la baie d'Ungava, où les communautés s'apparentent plutôt à celles de la côte du Labrador. Conformément à la Convention de la Baie-James et du Nord québécois, depuis 1978 ils ont créé leur propre commission scolaire et l'inuktitut est enseigné dans toutes leurs écoles.

Puis, s'adressant maintenant à Ambroise, elle poursuivit :

– Les oies des neiges se reproduisent au printemps sur un mince territoire, au nord-ouest de la presqu'île de Baffin, dans l'île Bylot. En hiver, elles migrent vers le sud, dans les zones agricoles de l'est des États-Unis, entre le New Jersey et la Caroline du Nord, où elles sont protégées, d'où le fait qu'elles ne soient pas en voie d'extinction. Dès les premiers jours du printemps, elles longent la côte est de la baie d'Hudson, pour remonter vers les lieux de nidification…

Charlène s'arrêta un instant, comme pour vérifier une nouvelle fois que les deux hommes l'écoutaient bien, puis elle reprit :

– Pour atteindre la presqu'île de Baffin, au-delà du détroit d'Hudson, il faut traverser le Nunavik. Ce qui expliquerait que Vincent y ait séjourné, peut-être pendant des mois.

Elle se tut de nouveau, espérant avoir provoqué une réaction qui ne tarda pas :

– Win… ga… puk, murmura Vincent.

Ils se tournèrent vers lui et aperçurent des larmes dans ses yeux. Que se passait-il soudain, chez cet homme sur qui depuis son retour tout semblait glisser sans la manifestation, jamais, de la moindre émotion ?

– Wingapuk, répéta Vincent.

Ambroise lui demanda doucement :

– C'est une ville ?

– Non ! souffla Vincent.

Ambroise réfléchit un instant, demanda encore :

– C'est une femme ?

– Wingapuk, répondit Vincent.

Ils se turent, chacun essayant de deviner ce que cachaient ces quelques mots, puis Vincent en prononça d'autres sans véritable signification.

– On dirait qu'il parle l'inuktitut, la langue des Inuits, remarqua alors Charlène.

Elle ajouta, après réflexion :

– Il y a peut-être vécu plus longtemps qu'on ne le croit.

Et, s'adressant à Ambroise :

– Ça faisait combien de temps qu'il n'écrivait plus ?

– Trois ans.

– Et de quand date l'accident d'avion ?

– Deux ans, je crois.

– En un an, on peut apprendre une langue, ou du moins quelques mots.

– Oui. Sans doute.

Tous deux dévisageaient Vincent qui, à présent, essuyait maladroitement quelques larmes sur ses joues. Il regardait droit devant lui, à travers la fenêtre ouverte, le Touvois qui s'était mis à scintiller sous la lune, jetant au fil des vaguelettes soulevées par le vent des éclats d'une lumière corsetée d'argent. Fallait-il l'interroger davantage ou le laisser s'accoutumer à cette source qui se remettait à couler douloureusement ? Ils n'eurent pas à s'interroger longtemps, car Vincent reprit, d'une voix monocorde :

– Per... due... Win... ga... puk.

– Dans l'avion ? demanda Ambroise doucement.

– Neige, murmura Vincent.

Puis, au terme d'un long silence que ni Ambroise ni Charlène n'osèrent troubler :

– La nuit... seule...

Et, après un nouveau silence :

– Cherchée longtemps...

Ambroise et Charlène, suspendus aux lèvres de Vincent, attendirent vainement, pendant de longues minutes, une suite à ces mots mystérieux. Ils hésitèrent à l'interroger davantage, mais devant ce chagrin si émouvant, ils y renoncèrent. Ce fut tout pour ce soir-là. Pourtant, quand ils se séparèrent, Ambroise et Charlène étaient persuadés que plus rien n'empêcherait Vincent de tirer le fil invisible qui le rattachait encore, et si douloureusement, aux dernières années de sa vie.

27

CETTE conviction se révéla exacte. Dès le lendemain, aux premières questions d'Ambroise, Vincent commença à parler d'une voix incertaine, monocorde, les mots étant encore mal reliés les uns aux autres, mais suffisamment pour raconter ce qu'il s'était passé loin des étangs où il était né. Ainsi, petit à petit, au fil des jours, Ambroise et Charlène réussirent à imaginer la vie de celui qui était parti si loin, à la recherche des grands oiseaux du continent américain. En une semaine, des bribes de paroles vinrent s'ajouter les unes aux autres, se compléter, révélant enfin, malgré des zones d'ombre, l'essentiel de ce que Vincent avait vécu, et ils parvinrent à reconstituer l'itinéraire d'une existence qu'ils avaient été loin d'imaginer.

Ils apprirent ainsi que Vincent était resté longtemps à Québec, dans un appartement de la rue du Petit-Champlain, avant d'obtenir une mission d'étude sur les grands migrateurs et de s'aventurer vers l'ouest, aux États-Unis, dans les zones de reproduction des pygargues à tête blanche qui migraient depuis les montagnes Rocheuses jusqu'aux monts Mackenzie, à la limite du cercle polaire arctique. Là, il avait été fasciné par la parade des mâles et des femelles qui s'accrochent par leurs serres et chutent en virevoltant à travers les airs, se détachant au dernier moment, avant l'impact. Il était resté trois mois, le temps que l'hiver revienne, chassant cet aigle pêcheur vers les chaînes côtières des Rocheuses, des milliers de kilomètres plus au sud.

Au cours de ce travail, Vincent avait tourné un film documentaire et réalisé un rapport pour les autorités canadiennes, avant de regagner Québec, où, pendant les mois qui avaient suivi, il avait organisé une nouvelle expédition, afin de suivre les grands vols des bernaches depuis le golfe du Mexique jusqu'au nord-ouest de la baie d'Hudson, dans la péninsule de Melville. Ce voyage avait débouché sur de nouvelles études, un nouveau film documentaire, qui lui avaient pris beaucoup plus de temps qu'il ne l'avait prévu. Mais chaque fois qu'il le pouvait, Vincent regagnait son domicile de Québec où il rédigeait ses études, montait son film et répondait au courrier.

Enfin, pendant les trois dernières années, il s'était consacré aux oies sauvages et à leur route depuis la côte est des États-Unis jusqu'à la presqu'île de Baffin. Et c'est à cette occasion-là qu'il avait traversé le territoire des Inuits : le Nunavik, où il était resté longtemps avant de franchir le détroit d'Hudson dans l'un de ces avions faciles à louer des petites compagnies privées, bien au-delà du cercle polaire arctique.

S'il était resté longtemps chez les Inuits, c'est qu'il y avait rencontré une jeune femme, avec qui il avait vécu au nord de la limite septentrionale des arbres, près du village d'Aupaluk, dans la baie Hopes Advance, à l'entrée du détroit d'Hudson. Elle s'appelait Wingapuk. C'était une jeune femme brune, à la peau mate, aux pommettes hautes, aux yeux noirs, à la voix d'une grande douceur. C'était du moins ainsi que Vincent l'évoquait, en quelques mots seulement pour ne pas trop s'attarder, car cette évocation faisait chaque fois éclore des larmes dans ses yeux.

Il avait partagé sa vie de pêche et d'expéditions en motoneige, jusqu'à ce qu'elle disparaisse, un hiver, après être tombée en panne par moins quarante degrés : on l'avait retrouvée morte de froid, alors qu'elle cherchait à rentrer au village, malgré une tempête de neige, en parcourant à pied les quarante kilomètres qui séparaient le lac où elle pêchait d'Aupaluk. Ce jour-là, Vincent n'avait pu l'accompagner, car il attendait une liaison radio très importante avec le bureau des études des migrateurs du Québec. Comme elle avait l'habitude de ces expéditions quasiment quotidiennes, il l'avait laissée s'éloigner seule sans s'en inquiéter.

Vincent s'était lancé à sa recherche en constatant qu'elle n'était pas rentrée. Il avait erré toute la nuit, avait trouvé la motoneige abandonnée, mais pas Wingapuk, qui s'était perdue à cause de la tempête. On l'avait découverte deux jours plus tard, très loin de la piste que la neige avait recouverte. Le jugeant responsable de cette disparition, le père et la mère de la jeune fille avaient chassé Vincent. Désespéré, il était alors parti vers la presqu'île de Baffin pour achever son étude sur les oies sauvages, et c'est au retour que son avion s'était écrasé, au cours d'une de ces violentes tempêtes semblables à celle qui avait égaré Wingapuk.

Il ne se souvenait pas du choc, ni de ce qui s'était passé après. C'était les médecins qui le lui avaient expliqué : il avait été éjecté au moment de l'impact, tout près de l'avion qui s'était enflammé. Il avait miraculeusement survécu à l'accident grâce à un Inuit qui l'avait trouvé inconscient et brûlé par endroits, notamment au visage, et l'avait ramené à un poste de secours près d'Ivujivik, au nord de la péninsule d'Ungava. Puis, de là il avait été rapatrié par avion sanitaire à Québec où il avait été soigné pendant de longs mois.

28

VOILÀ l'essentiel de ce qu'avaient appris Ambroise et Charlène, mais Vincent y revenait de lui-même, à présent, au fur et à mesure que les éléments d'un passé encore confus surgissaient dans sa mémoire. Chaque jour apportait sa moisson d'enseignements nouveaux, de détails mis au jour après un effort de concentration qui laissait souvent Vincent épuisé. Ambroise se sentait maintenant coupable d'en avoir voulu à son fils de ne pas répondre à ses lettres, et il se demandait si Charlène, en écoutant Vincent, ne rêvait pas, elle aussi, aux espaces blancs au-dessus desquels passaient les grands vols silencieux, en route vers le Grand Nord où ils se reproduisaient au printemps.

Maintenant, aussi, Vincent répondait à leurs questions. Il le faisait lentement, toujours en cherchant ses mots, mais il y parvenait cependant, tant bien que mal, en creusant une mémoire qui s'ouvrait de plus en plus, comme un fleuve qui a rompu ses digues.

– Tu n'avais pas de papiers sur toi au moment de l'accident ? demanda un soir Ambroise.

– Non. Les papiers, là-bas, ne servent à rien. Pas de contrôles. Les Inuits, pas besoin.

– Et dans l'île de Baffin ?

– Personne. Des oiseaux, seulement. Au printemps.

– Que des oies ?

– Non ! Des harfangs, et des sternes aussi.

Il refusait désormais de parler de Wingapuk. Si Ambroise l'interrogeait à ce sujet, il se fermait et ne répondait plus. Ambroise devinait une blessure dont l'esprit torturé de Vincent gardait une cicatrice douloureuse, d'autant que tout ce passé ressurgissait en vagues incontrôlables. Ambroise comprenait que l'état d'abattement dans lequel Vincent avait vécu pendant de longs mois devait probablement beaucoup à la conscience confuse de la perte de Wingapuk : une disparition dont il s'était senti responsable. Et aujourd'hui encore, avec l'afflux des souvenirs, elle demeurait présente et peut-être encore plus douloureuse.

Ambroise cessa donc de l'interroger : il savait à présent ce qu'il voulait savoir. Son fils ne l'avait pas abandonné : il s'était un peu trop éloigné, tout simplement, dans des territoires où il n'était plus atteignable, là où des hommes vivent des existences trop différentes pour être comprises des autres hommes, et là où les oiseaux volent trop haut, trop loin, pour être accompagnés sans danger.

Il était inutile de faire souffrir Vincent davantage. Il fallait au contraire le réaccoutumer au monde de son enfance, l'aider à retrouver la paix de l'esprit, au cœur d'un univers certes différent de celui qu'il avait conquis, mais pas moins secourable : ici aussi les oiseaux nichaient et se reproduisaient, et ils n'étaient pas inconnus mais familiers. Les étangs scintillaient dans la lumière de l'été, jetant des éclats d'or dans les soirs rougissants qui annonçaient déjà les lendemains cuivrés de l'automne.

29

AMBROISE entreprit de se consacrer avec patience à la consolation qu'il devinait indispensable. Chaque matin ils partaient sur l'eau, et il parlait à Vincent, montrait du doigt les oiseaux, il lui rappelait des souvenirs vécus côte à côte chaque fois qu'ils quittaient la maison pour leur tournée d'inspection, attentifs au moindre battement d'ailes, au moindre nid en danger, à la disparition subite d'une cane ou d'un héron cendré. Des petits vols passaient déjà pour l'hivernage, traversant la France en direction du sud depuis la Scandinavie et l'Europe de l'Est. Ils aperçurent des pluviers cendrés, très rares dans la région, et, bientôt, quelques sarcelles d'hiver, fines et nerveuses, en avance sur la saison, annonçant sans doute un froid précoce.

Réalisée par une entreprise privée, la coupe des grands arbres qui ceinturaient le Touvois avait été une réussite : il n'y avait guère de feuilles mortes au fond de l'étang – ces feuilles qui polluent l'eau si l'on n'y prend pas garde et font s'enfuir les oiseaux les mieux acclimatés. Les rideaux de joncs et les phragmites, indispensables pour que les colverts se protègent du froid et pour fixer les sarcelles, étaient suffisamment épais, de même que les scirpes des marais, les pesses d'eau, les carex, les plantains et les renouées dont ils se nourrissent.

Ambroise était satisfait, en somme : un maximum d'oiseaux demeureraient sur l'étang au lieu de migrer vers l'Afrique. C'était aussi l'avis de Charlène, qui venait plus souvent, la journée, les cars d'ornithologistes amateurs devenant moins nombreux. Un soir, elle arriva avec une magnifique caméra dont elle fit cadeau à Vincent. D'abord il refusa ; puis, Ambroise lui révélant qu'ils s'étaient cotisés pour son anniversaire, il accepta. Et pourtant Vincent ne se rappelait pas sa date de naissance. Un pan entier de sa vie d'avant s'était écroulé. Ambroise le savait, mais chaque fois que cette évidence se manifestait, il en souffrait sans pouvoir s'en défendre.

Ce soir-là, ils invitèrent Vincent à souffler les trente-huit bougies d'un gâteau au chocolat, et ils ouvrirent une bouteille de champagne qu'ils finirent vers minuit. Dès le lendemain, Vincent emporta la caméra sur la barque, et commença à filmer les oiseaux avec une habileté qui séduisait Ambroise. Tout n'était pas perdu. Si le passé lointain s'était éloigné, le passé plus récent, lui, se manifestait à travers des gestes, des mots, des expressions qui rassuraient Ambroise.

Comme il faisait moins chaud, ils prirent l'habitude de se rendre à l'observatoire chaque jour, jusqu'à la tombée de la nuit. Les soirs du début septembre s'étiraient dans des touffeurs tièdes et parfumées, d'une extrême douceur. Une lune de sucre émergeait de fins nuages laiteux, que l'ombre, lentement, à l'ouest, ensevelissait. Charlène les y rejoignait parfois, et c'est à cette occasion-là qu'elle invita Vincent à la retrouver le lendemain en début d'après-midi, pour accompagner l'un des derniers cars de touristes. Vincent détestait la foule, mais il finit par accepter, soucieux de vérifier si les deux circaètes Jean-le-Blanc étaient toujours là ou s'ils s'étaient déjà envolés vers leur lieu d'hivernage. Cet après-midi-là, Ambroise laissa Vincent partir seul, à pied, vers la digue, le regardant s'éloigner avec une sorte de crainte, comme s'il redoutait que leur complicité redevenue si précieuse risquât une nouvelle fois de se rompre.

30

QUAND Vincent arriva à la digue, cet après-midi-là, un minicar se trouvait déjà sur place. Une demi-douzaine d'hommes et de femmes, pour la plupart âgés, discutaient par petits groupes, tandis que Charlène venait à sa rencontre pour le présenter aux visiteurs.

– Un spécialiste des migrateurs d'Amérique du Nord, dit-elle en désignant Vincent, avant d'ajouter, comme pour atténuer cette affirmation :

– Mais il a grandi ici, et il en sait plus que moi.

Tout de suite, Vincent se sentit mal à l'aise, sans bien savoir pourquoi, car les regards qui se portaient sur lui ne paraissaient pas hostiles, mais seulement attentifs. Il suivit un peu en retrait le mouvement jusqu'à l'observatoire qui se trouvait à deux cents mètres de la digue. De part et d'autre du chemin, les chênes, les érables et les acacias avaient changé de couleur et exhalaient un parfum agréable de feuilles en fanaison. C'était une odeur qui était familière à Vincent, et pourtant il aurait voulu se trouver ailleurs. Il mesura alors à quel point il avait vécu dans la solitude, loin de ses semblables, qui, ce jour-là, inconscients de l'endroit où ils évoluaient, parlaient à voix haute, au risque de faire s'envoler les oiseaux.

Contrarié d'avoir accepté cette compagnie, il laissa Charlène demander le silence à l'approche de l'observatoire, dont elle ouvrit la porte étroite, laissant les visiteurs pénétrer à l'intérieur un à un. Vincent resta dehors, s'éloigna de quelques pas sous le couvert des arbres et sortit ses jumelles pour observer l'île la plus petite où nichaient les circaètes Jean-le-Blanc. Il ne décela pas la moindre apparition de ces oiseaux qui le fascinaient depuis qu'il était enfant. Déçu, il rangea ses jumelles et sentit une présence derrière lui. Il se retourna, se trouva face à une jeune femme brune, les yeux noirs, qui lui dit aussitôt, comme pour s'excuser de sa présence :

– Je suis désolée, mais je ne supporte pas d'être enfermée.

Elle ajouta, comme Vincent ne répondait pas :

– Je suis claustrophobe, et cette petite cabane, si étroite, avec de minuscules ouvertures, m'a oppressée.

Vincent, baissant un peu la tête, remarqua qu'elle était enceinte. Une sorte de voile passa devant ses yeux, il chancela et dut s'appuyer contre le tronc d'un chêne.

– Ça ne va pas ? demanda-t-elle.

Il ne put répondre quoi que ce soit, se contenta de fixer le ventre rond qui distendait la fine robe verte, libérant violemment le souvenir de Wingapuk, un souvenir qui n'avait pas ressurgi en lui depuis l'accident, et qui le frappa comme la foudre : Wingapuk était enceinte quand elle avait disparu. Il l'avait laissée partir seule sur sa motoneige, ce jour-là, avec l'enfant qu'elle attendait. Il sentit qu'il basculait vers l'avant, essaya de se rattraper aux branches basses du chêne, entendit un cri, puis il perdit conscience.

Quand il revint à lui, il aperçut le visage angoissé de Charlène dont la voix lui parvint, mais de très loin :

– J'ai appelé le médecin de Lignières. Il va bientôt arriver. Surtout, ne bouge pas.

Il n'en avait ni l'envie ni la force. Il se demandait ce qu'il s'était passé pour qu'il se retrouve ainsi allongé, Charlène près de lui. Ensuite, en quelques secondes, tout lui revint à l'esprit : la jeune femme brune enceinte, le sentiment atroce d'avoir abandonné Wingapuk et son enfant, le voile noir sur ses yeux, et le néant, soudain, mais au moins sans la conscience douloureuse d'un souvenir trop brusquement ressurgi.

Charlène fit s'écarter les touristes rassemblés autour de Vincent et leur ordonna de s'éloigner. Ils obéirent à regret, cherchant à savoir ce qui avait provoqué le malaise de cet homme jeune, dont la guide paraissait si proche.

– Est-ce que tu peux te lever ?

– Peut-être.

Cette tentative fut vaine, car le voile noir s'était de nouveau étendu devant les yeux de Vincent. Il parvint à s'asseoir, cependant, et à s'appuyer du dos contre le tronc d'un arbre. Il se sentit alors un peu mieux et demanda à Charlène de l'aider.

– Non ! fit-elle. Ça ne sert à rien. Attends plutôt le médecin.

Il insista et haussa le ton. Il n'avait qu'une envie : s'en aller, disparaître, oublier.

Charlène fit alors une deuxième tentative avec l'appui d'un homme qui avait proposé son aide. Prenant chacun Vincent par un bras, ils parvinrent à le soutenir jusqu'à la voiture. Elle rassura les touristes en leur indiquant qu'elle serait de retour dans une vingtaine de minutes, puis elle appela le médecin pour lui indiquer qu'il fallait se rendre à la maison du garde et non pas à l'observatoire. Enfin elle démarra en jetant des regards inquiets sur Vincent immobile à ses côtés, mais sans oser lui poser de questions. En quelques minutes, elle rejoignit la maisonnette où Ambroise réparait un nichoir d'osier, assis sur son banc, devant la porte.

– Qu'est-ce qui s'est passé ? demanda-t-il en découvrant avec quelles précautions Charlène soutenait Vincent après l'avoir extrait de sa voiture.

– Il a eu un malaise, répondit-elle. Il est tombé, mais ça va mieux, maintenant.

Elle ajouta, comme Ambroise, désemparé, s'approchait :

– Il vaut mieux qu'il se couche en attendant le médecin. Je l'ai prévenu. Il va arriver.

Ils aidèrent Vincent à marcher vers sa chambre, mais elle ne put s'attarder, étant attendue à l'observatoire.

– Je repasserai dès que j'aurai fini, dit-elle.

– Mais qu'est-ce qui s'est passé ? demanda de nouveau Ambroise en la raccompagnant.

– Je ne sais pas. Il est tombé, c'est tout. Ce sont les cris des visiteurs qui m'ont alertée.

Et, comme Ambroise, accablé, ne réagissait pas :

– Ne vous inquiétez pas. Ce n'est sans doute pas grave.

Elle partit avec, en elle, le regard de ce père impuissant dont la lueur affolée l'accompagna jusqu'à l'observatoire.

31

L'ALERTE fut de courte durée. Après avoir interrogé Vincent, le médecin de Lignières conclut à un choc psychologique et, devant la multitude de médicaments que prenait déjà Vincent, ne prescrivit aucun autre sédatif. Il s'en alla en rassurant Ambroise qui n'était pas convaincu :

– Ne vous inquiétez pas, répéta-t-il. Votre fils est un homme jeune : il est plein de ressources, j'en suis certain, et il va surmonter tout ça.

Après son départ, Ambroise rentra, entrebâilla la porte de la chambre de Vincent pour entendre s'il se levait, puis il s'assit dans son fauteuil habituel. Il se mit à attendre Charlène, qui ne tarda pas à arriver après avoir « expédié » les touristes en moins d'une demi-heure.

– Alors ? demanda-t-elle aussitôt.

– Il se repose. Le docteur dit que ce n'est pas grave. Un choc, probablement.

Il ajouta, d'un ton un peu vif :

– Mais enfin, qu'est-ce qui s'est passé exactement ? Je voudrais bien comprendre !

– Je ne sais pas au juste : j'étais dans l'observatoire et Vincent était resté dehors. Je ne l'ai pas vu tomber mais j'ai interrogé les touristes, notamment une jeune femme qui se trouvait près de lui – une jeune femme brune qui était enceinte. Elle m'a appris que c'était en l'apercevant qu'il avait eu un malaise. Elle n'a pas su expliquer pourquoi, mais il nous le dira sans doute quand il se lèvera.

Ils attendirent en silence un long moment en évitant de se poser des questions supplémentaires, aussi inquiets l'un que l'autre. De temps en temps Ambroise se levait, s'approchait de la porte de la chambre, écoutait, revenait en soupirant.

– Il dort toujours, disait-il.

Et ils recommençaient à attendre, de plus en plus impatients. Cela dura encore une demi-heure, et Ambroise était sur le point d'aller réveiller Vincent quand il apparut, faible sur ses jambes, en se frottant les yeux. Il ne prononça pas un mot. Il erra un long moment dans la salle à manger, sortit comme s'il ne prêtait aucune attention à eux, puis il entra de nouveau et, enfin, s'assit en face d'eux, sur le canapé.

Ambroise et Charlène, d'abord, hésitèrent à l'interroger, mais quand ils s'y décidèrent, Vincent ne répondit pas à leurs questions. Il consentit seulement à hocher la tête à l'instant où, avec beaucoup de précautions, Charlène lui demanda si Wingapuk était enceinte au moment de sa disparition. Ayant eu confirmation de ce qu'ils pressentaient, ils n'insistèrent pas, mais à partir de ce soir-là, Vincent perdit de nouveau la parole et Ambroise eut l'impression que tout le chemin parcouru depuis trois mois avait été réduit à néant en une seule journée.

Alors il repartit doucement, patiemment, à la reconquête du terrain perdu, toujours aidé par Charlène qui leur proposa de conduire Vincent chez une psychiatre de ses amies installée à Châteauroux.

– Cela t'aiderait, j'en suis sûre !

Vincent refusa d'un signe négatif de la tête. Elle le laissa seul avec Ambroise toujours aussi désemparé, ne sachant s'il devait essayer de le persuader d'accepter le conseil de Charlène, ou pas. Le mot « psychiatre » lui avait toujours fait un peu peur. Il ne savait pas ce qui se cachait derrière, s'en méfiait, mais il avait confiance dans la jeune femme. Aussi revint-il sur ce sujet plusieurs fois, mais sans succès.

32

UN SOIR, pourtant, alors qu'il était assis dehors avec Vincent, sur le banc, face à la nuit qui tombait dans de grands froissements de soie tiède, Ambroise trouva le courage de formuler la question qui lui brûlait les lèvres :

– Elle était enceinte depuis longtemps ?

Et, comme s'il regrettait déjà sa question :

– Tu n'es pas obligé de répondre.

Il y eut un long silence qui laissa à Ambroise l'impression que Vincent allait se réfugier dans sa chambre, mais ce ne fut pas le cas. Renonçant toujours à parler, Vincent, d'abord, hésita, puis il montra sept doigts avec ses mains.

– Sept mois ? demanda Ambroise.

Vincent hocha la tête.

– Tu sais si c'était un fils ou une fille ?

Pas de réponse.

– Une fille ?

Toujours pas de réponse.

– Un fils ?

Nouveau hochement de tête, affirmatif cette fois. À la lisière des bois un oiseau poussa un cri bref, comme un appel au secours. Une chouette effraie, pensa Ambroise qui se mit à parler, d'abord d'une voix hésitante, mais qui s'affermit peu à peu :

– Moi j'ai perdu un fils pendant dix ans, et toutes ces années m'ont paru durer des siècles. Mais j'ai continué à vivre malgré tout, et il faut que tu fasses comme moi. Je sais bien que le tien ne reviendra pas, mais il faut que tu l'imagines vivant ailleurs, comme je t'ai imaginé, moi, quand je n'avais plus de nouvelles. Il ne faut jamais désespérer : il faut avoir confiance, toujours.

Il soupira, reprit :

– Pense aux oiseaux : souvent leurs nichées sont détruites, mais ils recommencent sans cesse. Ils sont pleins de force et de courage. Un printemps, j'ai vu une cane se battre contre un brochet qui lui prenait ses petits un à un. Je la connaissais bien, parce que je l'avais baguée l'année d'avant et elle avait une plume blanche sur le côté droit de la tête. Eh bien, après la disparition de ses canetons, elle a quitté les abords de la grande île pour trouver refuge dans les roselières de la petite île et elle a donné le jour à dix canetons dont huit se sont sauvés. Tout ça, tu le sais aussi bien que moi, mais tu l'as oublié.

Vincent ne répondit rien, mais Ambroise était certain qu'il l'écoutait.

– Et les grands migrateurs qui font des milliers et des milliers de kilomètres pour se reproduire, tu crois qu'ils n'ont pas confiance, eux ?

Ambroise attendit un instant une réponse qui ne vint toujours pas, puis il poursuivit :

– Alors tu vas écouter Charlène et aller voir cette femme qui va t'aider bien mieux que je ne saurais le faire. Et quand tu auras repris des forces, qui sait si tu n'auras pas envie d'un enfant ? La vie, tu sais, n'est jamais vraiment celle que l'on imagine. Avec ta mère, on n'aurait jamais pensé devoir se quitter si tôt. Elle était malade du cœur et on ne le savait pas. Mais on a toujours essayé d'aller de l'avant sans crainte et avec confiance. Quant à moi, une fois seul, j'ai continué à vivre pour toi. Ça ne sert à rien de remâcher le passé. Ce qui compte, ce sont les vivants qu'on aime, pas les morts disparus. Ils n'ont pas besoin de nous. Ils ne souffrent plus. Il suffit de se dire qu'on les retrouvera sûrement un jour. Mais en attendant, il faut vivre, et du mieux possible… Tu m'entends ?

Ambroise se tourna vers son fils et leurs regards se rencontrèrent. Vincent hocha la tête, puis revint vers l'étang où la lumière de la lune cascadait dans les vaguelettes soulevées par le vent de nuit. Les îles frissonnaient, là-bas, dans un silence plein de remous secrets. Au-dessus de l'eau, on aurait dit que les étoiles clignotaient en appelant au secours pour ne pas se noyer.

Ambroise reprit, changeant brusquement de sujet, comme si tout était décidé :

– Ce matin, j'ai vu un harle huppé près de la grande île. C'est la première fois que j'en vois un ici. D'habitude, ils nichent plus à l'est. Il était magnifique : le jabot orangé, le cou blanc, le bec rouge, la tête et la huppe vertes. Si tu veux, demain, on ira voir s'il est toujours là.

Vincent hocha de nouveau la tête mais demeura comme absent, retourné à ses indéchiffrables pensées.

– Allons dormir, fit Ambroise. Il ne doit pas être loin de minuit.

Il se leva, et, comme Vincent ne bougeait pas, il le prit par le bras et l'entraîna vers la maison, en espérant que le sommeil les délivrerait l'un et l'autre des tourments de cette épuisante journée.

33

PENDANT quinze jours, les foyers de l'été se rallumèrent une dernière fois au lieu de s'éteindre. Les journées s'embrasèrent comme en plein mois d'août, grillant les feuilles des arbres qui se mirent à changer de couleur, virant à l'or, au pourpre et au cuivre le long des rives du Touvois. Les oiseaux, qui commençaient à se préparer à la mauvaise saison, retrouvèrent un regain d'activité et visitèrent de nouveau les champs moissonnés où traînaient encore quelques épis et quelques grains oubliés.

Vincent avait enfin accepté de suivre Charlène chez son amie psychiatre, et il était revenu d'une première visite convaincu qu'elle pouvait l'aider. Il avait rendez-vous une fois par semaine, et il était convenu que Charlène le conduirait chaque fois que ce serait nécessaire. Ambroise en fut satisfait, rassuré, même, de constater que Vincent s'était résolu à se faire épauler par quelqu'un dont c'était le métier. Il allait mieux, et son malaise de l'observatoire était oublié.

Le dimanche qui suivit cette première visite, Charlène proposa aux deux hommes de se rendre au refuge de Breilly, où l'on soignait les oiseaux blessés. Ce n'était pas loin du Touvois : cinq kilomètres à peine, en direction de Blois, dans un hameau de quatre maisons, le long d'une petite rivière presque à sec, en cette période de sécheresse. L'équipe de soins était composée de trois personnes volontaires, dont un vétérinaire lui-même passionné d'ornithologie, qui venait gratuitement donner de son temps. En découvrant la relation d'amitié entre Charlène et la responsable du centre, prénommée Isabelle, Ambroise comprit qu'elle avait parlé de Vincent à son amie. Elle avait sans doute nourri le projet de faire retrouver à Vincent une activité normale en communiquant de plus en plus avec ses semblables. Ce qu'elle n'avait pas avoué à Ambroise, c'est que le centre de soins cherchait un responsable permanent qui serait appointé, dès que la subvention promise par le département serait votée.

Vincent parut heureux, ce matin-là, de se trouver dans un univers où tout le monde connaissait et aimait les oiseaux. Il y en avait une douzaine, blessés et incapables pour le moment de retrouver la liberté. La plupart avaient une aile cassée, et il fallait les soigner et les aider à se nourrir, une tâche délicate que Vincent avait vu exécuter par sa mère lorsqu'il était enfant. Il savait que la guérison n'entraînait pas automatiquement une remise en liberté, car ces oiseaux s'habituaient à la nourriture facile et ils étaient « imprégnés » du contact avec les humains, et donc oubliaient leur état sauvage antérieur qui leur permettait de se défendre et de survivre.

Il y avait là un balbuzard, une nette rousse, un chevalier guignette, un busard des roseaux, une aigrette garzette, un bihoreau gris, et d'autres, plus petits, plus fragiles, comme cette rousserolle et cette fauvette à tête noire qui refusaient la nourriture et roulaient des yeux effarés lorsque la main s'approchait.

Vincent se souvenait de la patience infinie de sa mère à l'égard de ces êtres effrayés, il la revoyait découpant des vermisseaux qu'elle cherchait dans le jardin avant de les présenter au bec hésitant, et jamais, malgré les nombreux échecs, elle ne se décourageait. Pourtant, souvent, le matin, en se levant, elle découvrait l'oiseau sans vie dans la petite cage d'osier fabriquée par Ambroise, et elle l'emportait sans un mot vers un lieu secret dont personne ne pouvait s'approcher – non pas vers l'étang, mais dans un bois où elle l'enterrait en sachant qu'elle pourrait retrouver l'endroit précis quand elle le voudrait. Marie, sa mère, c'était cela : la patience, la douceur, jamais une plainte, mais, au contraire, un courage jamais pris en défaut, un sourire jamais effacé sur des lèvres qui ne tremblaient pas.

Le soir de cette visite à Breilly, quand ils se retrouvèrent seuls sur la rive du Touvois, Vincent parvint à évoquer en quelques mots, devant Ambroise, ces souvenirs qui l'avaient ébranlé en profondeur.

– Ma mère savait soigner, murmura-t-il, mais je ne sais pas si j'en serai capable.

Ambroise ne répondit pas. Il espérait que Vincent se confie davantage, mais il se tut. Ils écoutèrent un moment le brame des cerfs qui luttaient dans les bois, chaque automne, à proximité des étangs, puis Ambroise comprit qu'il devait parler, lui, et il se décida brusquement :

– C'est vrai qu'elle savait soigner, mais elle en sauvait peu. Non seulement elle leur trouvait des vermisseaux, mais aussi des insectes à partir du printemps, qu'elle capturait avec un filet à papillons. On lui apportait des oiseaux blessés de toute la région. Les gens savaient qu'elle était capable de s'en occuper. Je crois qu'une année elle en a soigné plus d'une quinzaine en même temps. J'ai été obligé de construire une volière pour les réhabituer à voler. Tu t'en souviens, de cette volière ? Elle se trouvait de l'autre côté du chemin, dans une clairière.

– Oui, répondit Vincent.

– Le vétérinaire de Lignières était un ami, mais ça nous coûtait cher quand même, parce que quand on nous amenait un rapace, il fallait acheter de la viande. Oh ! pas beaucoup ! Mais on mangeait surtout du gibier, à l'époque, et on ne fréquentait guère la boucherie de Lignières.

Ambroise eut un long soupir, reprit :

– Je me souviens surtout d'une bondrée apivore pour laquelle Marie cherchait à piéger les larves des nids de guêpes dans le creux des arbres. Combien de fois elle s'est fait piquer ! Au point d'être immunisée, à la fin, et de ne plus les craindre. Et la bondrée a survécu. Tu te rappelles ? On l'a relâchée, tous les trois, un matin en septembre.

– Oui, je me rappelle.

Ces souvenirs partagés chaque soir s'achevaient toujours dans un silence que ni l'un ni l'autre ne songeait à rompre. La nuit les enveloppait dans une mélancolie dont ils avaient du mal à s'extraire, car elle coïncidait avec la fin de la saison de lumière et l'arrivée des jours plus courts. Bientôt il ferait trop frais pour prolonger les soirées si longtemps au-dehors. Ambroise et Vincent le savaient. Les oiseaux, pour la plupart, allaient s'en aller vers le sud, et seuls les sédentaires demeureraient dans les étangs.

Pourtant Ambroise songeait avec un certain plaisir

que l'hiver lui rendrait son fils tout entier. Vincent lui raconterait en détail sa vie dans le Grand Nord canadien et tout ce qu'il avait découvert là-bas, comblant ainsi définitivement l'absence qui les avait séparés pendant des années.

34

À PARTIR de ce jour, Vincent prit l'habitude de se rendre au refuge des oiseaux blessés trois après-midi par semaine. Charlène, qui était moins occupée avec les touristes, l'y suivait parfois, et, comme elle l'avait promis, le conduisait aussi à Châteauroux, chez son amie psychiatre. Ambroise constatait avec satisfaction qu'ils passaient beaucoup de temps ensemble, et il lui semblait que Vincent recherchait maintenant la compagnie de la jeune femme.

Ses cheveux avaient commencé à repousser plus épais, les cicatrices dues aux brûlures s'étaient estompées grâce à sa vie au soleil, la peau ayant bruni uniformément, ou presque, sur le front et les joues. De surcroît Vincent se rasait régulièrement après avoir coupé sa barbe, et Ambroise retrouvait de plus en plus son fils d'avant sa disparition : il reconnaissait des gestes, des attitudes, et un visage, aussi, maintenant, non pas encore semblable à ce qu'il avait été, mais différent de celui découvert à Paris, à l'hôpital, si effrayant qu'il avait eu du mal à l'oublier.

Il ne fut pas étonné de découvrir un soir, au retour de Châteauroux, Charlène et Vincent dans les bras l'un de l'autre, alors qu'ils le croyaient encore sur l'étang. Ils s'en trouvèrent mal à l'aise, et s'écartèrent aussitôt. Pourquoi ? Ambroise se posa des questions mais fit en sorte de ne pas y accorder d'attention. Il y avait longtemps qu'il savait que cela arriverait. Et il n'en était pas mécontent, au contraire : il savait Charlène capable d'aider vraiment son fils et de s'attacher à lui.

Elle vint se confier, un jour, en début d'après-midi, alors que Vincent était parti seul au refuge à bicyclette. Elle arriva au moment où Ambroise s'apprêtait à s'en aller sur l'eau pour vérifier s'il y avait toujours un couple de hérons cendrés entre la grande île et la petite.

– Je peux vous suivre ? demanda-t-elle.

– Si tu veux.

Il était rare qu'elle l'accompagne ainsi sur sa barque, et il comprit qu'elle désirait lui parler. Il faisait chaud, encore, en cette fin septembre, et les arbres commençaient à perdre quelques feuilles qui voltigeaient avec de lents tournoiements d'oiseaux en chute libre. Des tremblements dorés couraient sur les rives, poussés par un vent de sud au parfum de résine.

Charlène se tut jusqu'à ce qu'ils soient montés dans la barque, où elle s'assit face à Ambroise qui croisa son regard au moment où il manœuvrait pour s'éloigner de la berge.

– Alors ? fit-il. Qu'est-ce qui se passe ?

Elle sourit, répondit :

– Vous le savez aussi bien que moi puisque vous nous avez vus.

Il hocha la tête, demanda :

– Et tu crois que je suis surpris ?

– Non. Je ne pense pas.

– Alors ?

Elle hésita, sourit de nouveau, reprit :

– Je voulais vous dire que…

Les mots avaient du mal à sortir de ses lèvres.

– Qu'est-ce que tu voulais me dire que je ne sache déjà ?

Elle répondit avec de la gravité dans la voix :

– Ne craignez rien, Ambroise, je ne vous le prendrai pas.

Elle ajouta aussitôt, plantant son regard clair dans le sien :

– Je sais trop combien vous avez souffert de son absence. Et maintenant qu'il est revenu, que je vous sais heureux avec lui, je m'en voudrais s'il s'éloignait de vous à cause de moi.

Ambroise s'apprêtait à longer la grande île pour la contourner par la droite, manœuvrant calmement, sans à-coups, glissant la rame dans l'eau sans le moindre bruit.

– Rassure-toi, dit-il. Ce qui m'importe, c'est de savoir qu'il peut s'attacher à quelqu'un, ici, même si ce n'est pas moi. Il me suffira de vous voir tous les jours heureux pour l'être moi aussi. C'est aussi simple que ça.

Elle sourit de nouveau, murmura :

– Merci, Ambroise.

– Ne me remercie pas. Dis-moi seulement si tu comptes rester à Lignières longtemps.

– Je me plais ici. J'ai tout ce que je souhaitais : les étangs, les oiseaux, la liberté, et maintenant un grand oiseau blessé à soigner et à guérir. Où voudriez-vous que j'aille ?

Ils se turent. Comme la barque dépassait la pointe de la grande île, deux grands hérons cendrés, surpris, s'envolèrent.

– Je m'en doutais, fit Ambroise. Ils hivernent ici de plus en plus.

Il souriait, comme si cette constatation le rassurait. Chaque automne, en effet, voir partir les grands oiseaux vers l'Afrique le désolait : il avait l'impression d'être incapable de les retenir et se sentait coupable.

– Le climat a changé, dit Charlène. Il fait moins froid ici, en hiver.

– Ça dépend des années.

– Ils savent mieux que nous ce qui se passe à la surface de la Terre. Ils ont un instinct très sûr.

– Tu as raison, admit Ambroise.

Ils accostèrent sur la petite île où ils se frayèrent un chemin jusqu'à l'autre rive pour voir si les râles des genêts étaient partis vers l'Afrique eux aussi, et ils eurent le plaisir de découvrir un rouge-gorge venu hiverner depuis l'Europe du Nord.

– Ils arrivent de Suède ou de Finlande, expliqua Ambroise. J'en ai trouvé un bagué l'an passé : ils apparaissent toujours dans la deuxième quinzaine de septembre.

Ils se réjouirent de l'épaisseur des rideaux de joncs et des phragmites qui permettraient aux sarcelles et aux bécassines de se fixer sur le Touvois, puis ils retournèrent vers la barque sans un mot, et retraversèrent lentement dans la lueur cuivrée du jour qui tamisait l'éclat de l'étang. Ambroise aimait cette saison tendre qui atténuait la lumière et reposait enfin les yeux fatigués par la réverbération implacable de l'été.

Peu avant d'accoster, Charlène lui confia :

– Je voulais vous dire également que la subvention du département a été votée et qu'Isabelle a l'intention de proposer à Vincent le poste de directeur du refuge.

Ambroise sourit, répondit :

– Je te remercie pour tout ce que tu as fait pour lui. Mais il ne fallait pas te sentir obligée.

– Ce n'est pas grand-chose, allez !

Elle ajouta, dans ce sourire espiègle qui lui était familier :

– J'ai essayé de le fixer, tout simplement, comme les oiseaux, afin qu'il ne reparte pas.

– Merci encore, répéta Ambroise. Sans toi, je ne sais pas si j'y serais parvenu.

– Mais évidemment que si !

– Non ! Ce n'est pas si sûr, fit Ambroise. Je n'oublierai jamais que tu as été là quand c'était nécessaire.

Ils rentrèrent en silence, lentement, songeant à l'espoir qu'ils venaient d'évoquer, puis, quand ils se séparèrent, Ambroise l'embrassa et dit :

– Ne t'en fais pas : on le gardera.

– Oui, fit-elle, on le gardera, j'en suis sûre.

Elle s'en alla en agitant sa main et Ambroise, assis sur son banc, lui répondit de la même manière. Ensuite, il n'eut pas envie de rentrer et se mit à attendre Vincent en se demandant s'il avait accepté ou pas le poste de directeur du refuge. Il savait qu'il n'oserait pas lui poser la question. Un refus signifierait que Vincent pouvait repartir un jour. Une acceptation indiquerait le contraire, tout simplement. Ambroise eut l'impression que l'existence de Vincent se jouait une nouvelle fois. Le cœur serré, il guetta le retour de son fils, indifférent au murmure de l'eau au-dessus de laquelle les oiseaux rentraient en vols silencieux pour leur nichée de la nuit.

35

VINCENT avait attendu un long moment pour parler, ce soir-là. Ils finissaient de dîner quand, enfin, il avait murmuré tout bas, comme s'il n'était pas persuadé de ce qu'il allait dire :

– On m'a proposé de devenir directeur du refuge cet après-midi.

Ambroise, qui débarrassait la table, s'était arrêté, tendu, attendant la suite :

– J'ai accepté.

– C'est bien ! avait approuvé Ambroise en essayant de dissimuler sa satisfaction.

– Un poste rémunéré, avait ajouté Vincent.

– Tant mieux !

Ils n'en avaient plus parlé, conscients l'un et l'autre que ces quelques mots résumaient l'essentiel et déterminaient leur vie à venir. Ambroise était heureux de le voir partir, maintenant, le matin, vers le refuge ; heureux, également, de le voir rentrer satisfait, de l'entendre évoquer son travail, les soins des oiseaux, la réussite d'une opération par le vétérinaire, ou l'envol d'un balbuzard guéri. Vincent rentrait déjeuner à midi, comme avant, repartait vers deux heures, mais dînait aussi avec Ambroise.

Un soir du début octobre, pourtant, alors que la nuit commençait à tomber, il se leva pour repartir après le repas en déclarant d'une voix qu'il voulut normale, mais qui surprit Ambroise.

– Je ne dormirai pas ici, cette nuit.

Il ajouta, juste après, un ton plus bas :

– Ni les prochaines nuits, sans doute.

– Bon ! fit Ambroise. Tu fais comme tu veux, tu le sais bien.

Ce fut tout. Ils ne revinrent pas sur le sujet, et Ambroise vit partir Vincent, chaque soir après le repas, sans la moindre amertume, tout en comprenant qu'il le verrait de moins en moins. Mais quoi de plus normal, en somme ? Revenu chez lui, Vincent allait mener désormais une vie semblable à celle des hommes de son âge, rapatrié dans les lieux qui l'avaient vu grandir, délivré du passé et tourné vers l'avenir, auprès d'une femme dont la compagnie, déjà, lui était précieuse.

Les travaux d'avant le froid occupèrent assez Ambroise pour ne pas trop penser à cette distance nouvelle établie entre eux. Il fallait faucarder la jussie envahissante, réparer les pièges pour les ragondins, nettoyer de nouveau les berges des îles pour les bécassines, marquer les peupliers et les trembles qu'il faudrait abattre car leur exigence en eau faisait baisser dangereusement le niveau des étangs en période estivale : toutes sortes de tâches auxquelles Ambroise était habitué, et auxquelles il accordait toute l'attention nécessaire. Il savait que seuls les mois d'hiver lui laisseraient un peu de répit, surtout quand le gel ou la neige emprisonneraient les étangs et les landes environnantes, et que nulle vie ne se manifesterait vraiment, sinon en milieu de journée, aux heures les plus chaudes.

S'il voyait un peu moins Vincent, Charlène, elle, venait plus souvent en visite, les touristes ayant déserté les lieux. En cette saison, dans son bureau de Lignières, elle rédigeait des rapports destinés au président, et elle établissait des projets de budgets dont elle savait qu'elle aurait du mal à les obtenir. Cela ne l'affligeait pas : elle était entièrement occupée par sa liaison amoureuse avec Vincent, depuis qu'il l'avait rejointe.

– Il est heureux, disait-elle à Ambroise qui guettait son arrivée avec impatience.

Elle ajoutait, un ton plus bas :

– Et moi aussi. Que souhaiter de mieux ?

– Rien, répondait Ambroise. C'est tout ce que j'ai voulu pour lui depuis toujours.

Ils discutaient beaucoup de Vincent, constataient les progrès qu'il faisait au contact de la psychiatre, mais aussi, maintenant, d'une orthophoniste qui le réaccoutumait à la parole. De fait, Vincent parlait à présent avec plus de facilité, moins d'hésitation, trouvait les mots plus aisément. Mais Charlène et Ambroise se réjouissaient également du fait qu'il avait trouvé un travail en harmonie avec sa passion des oiseaux.

– Il bague tous ceux qu'il peut relâcher, expliquait Charlène. Il a noué des relations avec les associations ornithologiques d'Europe du Nord et de l'Est, afin de savoir combien de kilomètres peuvent parcourir les migrateurs. Il communique même avec des Russes au sujet des bécasses. Elles viennent pour la plupart de Sibérie ou de l'Oural.

Elle expliquait, comme si cela la rassurait :

– C'est un travail de longue haleine, qui l'occupera sûrement pendant des années.

– Tant mieux ! disait Ambroise.

Un jour, comme on veut tout savoir de ceux qu'on aime, elle lui demanda de lui parler de l'enfance de Vincent. Ambroise ne se fit pas prier. Il raconta leur existence avec Marie, expliqua combien Vincent était proche d'eux, mais surtout de lui, Ambroise, à partir du moment où il l'avait emmené sur les étangs.

– Il détestait l'école car elle l'empêchait de me suivre aussi souvent qu'il l'aurait voulu. Il avait appris très vite à reconnaître les oiseaux, même s'ils volaient loin de nous. Il n'était heureux que sur l'eau, ce qui désolait sa mère qui se demandait ce qu'il ferait plus tard.

– Et pourtant il s'est éloigné pour de longues études, fit observer Charlène.

– Oui, c'est vrai, mais c'est ce qui lui a permis de se rapprocher encore plus des oiseaux.

Peu à peu, elle reconstituait le puzzle d'une vie dont elle voulait tout connaître, s'en imprégnait, ne cessait de lui poser des questions, et Ambroise était heureux de pouvoir lui répondre.

– Je le connais bien, maintenant, lui dit-elle un soir. La seule chose que je regrette, c'est de n'avoir pas partagé tout cela avec lui.

Elle soupira, ajouta :

– Tant d'années perdues !

Elle s'en alla, laissant Ambroise songeur, se demandant si elle aimait Vincent mieux que lui-même.

36

IL EN souffrit, mais il prit sur lui, se fit violence : qu'y avait-il de plus naturel que ce rapprochement entre Vincent et une jeune femme passionnée, comme lui, par les oiseaux ? De quoi aurait-il pu se plaindre ? Il avait retrouvé son fils après des années de séparation. Il aurait dû s'en réjouir au lieu de s'interroger, de guetter ses pas, d'attendre sa venue, le soir, maintenant le plus souvent en compagnie de Charlène. Ambroise leur préparait avec soin un repas en espérant qu'il durerait longtemps, trouvait tous les prétextes qu'il pouvait pour les retenir, surtout quand Vincent, questionné par Charlène, évoquait le Nunavik et les grands espaces.

Ainsi, Ambroise découvrait au fil des jours, si Vincent était d'humeur à se confier, l'existence qu'il avait menée là-bas, près de Wingapuk, sa compagne inuit. C'était pour Ambroise comme si une part de sa solitude vécue pendant des années se comblait peu à peu, et comme si se légitimait l'absence d'un fils dont il avait trop souffert. En somme, Vincent avait pleinement profité d'une liberté que nul n'avait le droit de lui mesurer, et surtout pas son père. Marie, sa mère, n'avait-elle pas prédit ce qui arriverait en répétant à Ambroise qu'un enfant est libre dès qu'il vient au monde ?

Peu à peu, Ambroise apprit que Vincent et Wingapuk vivaient dans une cabane de rondins chauffée par un poêle à bois dans un village près de la baie Hopes Advance où ils disposaient de la télévision et des moyens de communication modernes. Ils se nourrissaient surtout de riz et de poisson – truites rouges et ombles arctiques –, qu'ils pêchaient dans la baie en creusant la glace, ou dans les rivières aux eaux turquoise souvent illuminées en soirée par les aurores boréales. En suivant la rivière Arnaud, ils étaient remontés jusqu'au lac Payne, immense et lumineux, où, un printemps, ils avaient campé dans une tente en espérant l'arrivée des oiseaux qui allaient survoler l'ouest du Nunavik.

Ambroise comprenait cette fascination pour le Grand Nord canadien, et il regrettait, une fois de plus, d'en avoir voulu à son fils quand les lettres n'arrivaient pas. Il buvait les paroles retrouvées de Vincent, s'en réjouissait, et osait parfois poser des questions :

– Et ce village ? demandait-il.

– Aupaluk ? C'est le premier village de l'Arctique canadien, entièrement conçu par les Inuits.

– Ils ne font que pêcher ?

– Non. Ils chassent les lagopèdes et les canards eiders, mais aussi les lièvres et les mammifères à fourrure.

– Et Wingapuk ?

Vincent soupirait, reprenait :

– Elle peignait et elle sculptait des objets dans la serpentine ou le quartz… Elle chantait tout le temps, même quand on se trouvait pris dans les tempêtes de vent et de neige… Un jour, dans la banquise, on a découvert un bébé phoque abandonné, car sa mère avait été tuée. Wingapuk a voulu l'apprivoiser, et on l'a emmené avec nous, en le nourrissant de poissons… Il n'a pas survécu car il avait encore besoin de sa mère, et Wingapuk en a été très malheureuse.

Vincent avait poursuivi, ce soir-là, la voix à peine perceptible :

– Je crois qu'elle y a vu un présage pour sa propre vie. Et pourtant, quand elle a compris qu'elle attendait un enfant, toute la tribu a fait une fête qui a duré la nuit entière. De ce moment-là, elle n'a pas cessé de sourire… Elle prenait ma main et la passait sur son ventre en chantonnant.

Charlène, aussitôt, avait changé de sujet et posé des questions relatives aux oiseaux :

– As-tu vu beaucoup de harfangs des neiges ?

– Oui. Beaucoup. Surtout à l'ouest. Et des huards aussi. Mais ce qu'on guettait, surtout, c'était le passage des oies. Il fallait alors traverser le Nunavik en direction de l'ouest vers la baie d'Hudson, et Wingapuk me suivait. C'est là qu'elle a commencé à aimer vraiment les oiseaux et qu'elle a renoncé à chasser.

Vincent s'était arrêté brusquement, comme s'il hésitait à se confier davantage, puis :

– À partir de ce moment-là, on n'a vécu que de la pêche, et on a dû s'éloigner de plus en plus du village pour prendre du poisson. Ses parents n'ont pas compris cet éloignement. Ils m'en ont voulu.

Vincent avait soupiré, et reprit d'une voix brisée :

– Je n'aurais jamais dû la laisser seule ce jour-là… d'autant que je savais que la motoneige était en mauvais état.

Ambroise et Charlène regrettaient d'avoir poussé Vincent dans ses confidences, mais en même temps ils devinaient qu'il avait besoin de se délivrer de ce douloureux passé.

– Quand on l'a ramenée, le matin, elle paraissait dormir… Elle n'avait jamais été si belle… Transfigurée, comme si son esprit si jeune était passé à travers son visage sans la moindre ride malgré le froid…

Vincent avait poursuivi dans un murmure :

– Je l'ai transportée au village, mais ses parents ne

m'ont pas laissé entrer dans leur maison. J'ai dû la leur laisser et je suis parti… Ce matin-là, c'est la dernière fois que je l'ai vue… Deux jours plus tard, j'ai pris l'avion pour la presqu'île de Baffin…

Tous trois sortaient de ces récits bouleversés, mais ils savaient qu'ils étaient nécessaires. Depuis qu'il avait retrouvé la parole, Vincent se délestait peu à peu des mois et des mois de souffrance dans les hôpitaux, et de pouvoir l'accompagner sur ce chemin faisait aussi du bien à Charlène et Ambroise.

Et puis, au milieu du mois d'octobre, tout à coup Vincent ne parla plus du passé. Il parut guéri, et raconta plutôt ses journées au refuge. Il était né à une nouvelle vie, même si ses yeux, souvent, semblaient tournés vers d'autres cieux, d'autres oiseaux, d'autres êtres vivants. À ce moment-là, Ambroise sentait son cœur s'arrêter. Puis tout recommençait, et Vincent repartait, chaque matin, vers les oiseaux blessés du refuge qui avaient besoin de lui.

TROISIÈME PARTIE

LES GRANDS VOLS DE L'AUTOMNE

37

LE 27 OCTOBRE, à cinq heures du soir, un dimanche, Ambroise et Vincent entendirent les grues, comme d'habitude, avant de les apercevoir. Deux vols immenses aux cris si particuliers : « krrou, krrou » ; guidés par une seule, formés en V comme une étrave dans le ciel, qui descendaient plein sud et cherchaient une halte pour la nuit. C'était pour Ambroise et Vincent, depuis toujours, une émotion qui les laissait tremblants, les yeux rivés aux grands oiseaux venus d'ailleurs, à la fois hésitants et volontaires, fragiles et forts, d'une beauté suprême dans le fouettement de leurs ailes étrangement proches et lointaines.

Ils se trouvaient sur le Touvois, revenant d'un comptage au sujet des sarcelles.

– Vite ! Rentrons ! dit Ambroise. Si elles nous voient, elles ne descendront pas.

Ils espéraient chaque année que quelques-unes

resteraient sur les étangs au lieu de continuer vers le sud, et cela arrivait parfois. Les ramiers, eux, étaient descendus depuis une quinzaine de jours, aux alentours de la Saint-Luc, et certains, aussi, demeuraient dans le voisinage, depuis que les hivers étaient moins froids. Le climat changeait, c'était incontestable, apportant des bouleversements dans les mœurs des oiseaux qui s'adaptaient avec un seul but : dépenser le minimum d'énergie sans jamais mettre en péril leur existence.

Ce soir-là, les grues ne s'arrêtèrent pas, à la grande déception des deux hommes. Mais ils savaient que le passage n'était pas terminé : il durait trois ou quatre jours, parfois une semaine. Le lendemain, Vincent ne partit pas au refuge. Il resta sur le Touvois pour guetter les grands vols, et il emporta avec lui sa caméra, sous les yeux d'Ambroise qui demeurait aux aguets. Ils passèrent la matinée la tête levée vers le ciel, mais aucun vol n'apparut, à leur grand désappointement. Ils rentrèrent pour déjeuner à midi, mais ne s'attardèrent pas dans la maisonnette dont ils avaient laissé les fenêtres ouvertes, afin d'entendre les appels si caractéristiques des grands migrateurs.

Ils patientèrent tout l'après-midi sur la rive, à l'abri des chênes qui les dissimulaient, Vincent muni de sa caméra et Ambroise de ses jumelles. Vers cinq heures du soir, alors qu'ils commençaient à désespérer, un vol se fit entendre à l'horizon, loin devant eux, puis devint visible au fur et à mesure que les oiseaux approchaient. Les deux hommes retinrent leur souffle, mais le vol passa sans s'attarder, majestueusement distant, malgré les cris des derniers oiseaux, sans doute épuisés, qui réclamaient une halte.

À peine eut-il disparu qu'un autre s'annonça, un peu moins important, et parut ralentir à l'orée des étangs. Les appels devinrent plus sonores, et, après avoir hésité, la grue qui menait le vol infléchit tout à coup sa course, suivie par ses congénères qui s'abattirent dans le marais séparant la grande île des bois, à cent cinquante mètres d'Ambroise et de Vincent.

Ils respiraient à peine, ne bougeaient pas. Seul le faible ronronnement de la caméra habitait le silence, sans être entendu des oiseaux.

– Elles vont rester ? demanda Vincent.

– Je ne crois pas. À cette heure-ci, elles ont besoin de se reposer et de se nourrir. Celles qui restent arrivent plutôt en début d'après-midi.

Là-bas, les grues avançaient lentement vers la lande et cherchaient leur nourriture dans l'herbe rase.

– Il n'y a plus grand-chose, murmura Ambroise, les ramiers se sont servis avant elles.

Et il répéta :

– Elles ne resteront pas. Il faudra se lever tôt demain matin, si on veut les voir partir.

Vincent ne répondit pas. Il continuait de filmer, incapable de se détacher du spectacle des oiseaux qui communiquaient entre eux en toute quiétude, se balançant au-dessus de leurs maigres et longues pattes, ignorants de la présence des deux hommes. La nuit tomba peu à peu, et ceux-ci rentrèrent à regret, bien décidés à ne pas manquer le départ du lendemain.

Ce soir-là, Vincent n'alla pas dormir à Lignières. Il téléphona à Charlène pour la prévenir, et il l'invita à les rejoindre à l'aube tout en lui recommandant de ne pas faire de bruit.

– Je me garerai loin de la maison et je viendrai à pied, promit-elle.

Ambroise et Vincent allèrent se coucher de bonne heure, et chacun mit un réveil à sonner pour être certain de ne pas manquer l'envol de l'aube. C'est à peine s'ils dormirent cette nuit-là, leurs pensées étant peuplées de vols immenses voguant dans un ciel sans nuages, et ils se hâtèrent de déjeuner, le lendemain, en attendant l'arrivée de Charlène qui ne tarda pas.

À six heures, ils se mirent en route vers le point le plus proche des oiseaux, mais aussi le plus sûr : un bosquet de petits chênes et d'acacias repéré la veille par Ambroise. Ils se postèrent dans l'affût et regardèrent s'allumer les petites lampes roses de l'aube, puis le jour s'étendit peu à peu comme une eau qui déborde. Alors ils purent distinguer les grues dont ils avaient entendu l'éveil sans les voir. Elles semblaient s'interroger sur le moment le plus propice à leur départ. Elles s'inquiétaient sans doute du vent qui s'était levé, et qui risquait de les faire dévier de leur route instinctive, inscrite au plus profond de leur mémoire. Ambroise, Charlène et Vincent ne bougeaient pas d'un pouce et retenaient leur respiration. Les oiseaux, manifestement, hésitaient encore, puis, tout d'un coup, ils se turent.

Il y eut alors comme un frémissement dans leurs rangs, et le signal fut donné par l'une des grues qui se trouvait à l'extrémité du marais, et qui, claquant des ailes, prit son élan en courant vers la lande d'où elle décolla dans un cri de victoire. Aussitôt, ses compagnes suivirent dans un froissement d'air qui fit courir jusqu'à l'abri un souffle à l'odeur sauvage.

Vincent avait déclenché sa caméra. Le vol s'éleva, les grues tournèrent un moment au-dessus des étangs, peut-être pour laisser le temps à une retardataire de les rejoindre, puis elles obliquèrent vers le sud en lançant leur cri coutumier destiné à se rassurer entre elles. « Tout le monde est là ? Tout va bien ? » : c'était le langage imaginé par Vincent depuis toujours. Il éteignit sa caméra bien après qu'elles eurent fondu sur l'horizon, mais tous trois eurent du mal à reprendre pied dans la réalité, comme s'ils accompagnaient par la pensée les grands oiseaux disparus au loin.

Ce fut Ambroise qui, le premier, parut s'éveiller d'un songe.

– Fait pas chaud, dit-il.

De fait, la rosée de la nuit avait imprégné de ses minuscules perles de diamant les feuilles des arbres sous lesquels ils s'étaient dissimulés. Charlène et Vincent s'ébrouèrent également, et ils regagnèrent la maisonnette à pas lents, des rêves plein les yeux.

38

CE JOUR-LÀ et les trois jours suivants, Vincent ne retourna pas au refuge. Il continua de guetter les grues qui finirent par se faire rares, et dont le flot, bientôt, se tarit. Il parut déçu, se renferma sur lui-même, mais ne cessa pas pour autant de lever la tête vers le ciel. Un soir, alors qu'ils prenaient leur repas chez Ambroise, comme d'habitude, Vincent s'adressa brusquement à Charlène en disant :

– Il n'est peut-être pas trop tard pour aller voir les oies cendrées qui longent l'Atlantique.

Puis, après une hésitation, les ayant dévisagés l'un et l'autre, à l'intention de Charlène :

– Oui : les oies cendrées sont en route vers l'Afrique. Tu sais bien qu'elles longent la côte de l'océan. Allons-y demain, s'il te plaît. Cinq heures de route, ce n'est pas beaucoup. Si on part à sept heures du matin, on arrivera pour midi.

Ambroise et Charlène s'interrogèrent du regard

devant cette demande inattendue, mais ni l'un ni l'autre ne crut bon de s'y opposer. Ambroise fit simplement observer qu'il fallait prévenir les gens du refuge, de manière à ce qu'ils puissent s'organiser en l'absence de Vincent. Il répondit qu'il allait téléphoner : il pouvait s'absenter quelques jours, ça ne porterait pas à conséquence. Charlène, elle, avait le temps car elle prenait toujours ses congés en cette saison.

– Le mieux est d'aller sur le bassin d'Arcachon, dit-elle. Elles y font des haltes souvent. Et de toute façon on sera près de la côte.

Elle ajouta, pourtant, du bout des lèvres :

– Il est peut-être un peu tard.

– Non ! Je ne crois pas, répondit Vincent. Il y a toujours un vol de retardataires qui cherchent à se regrouper. C'est celui-là que je ne veux pas manquer.

La décision prise, ils préparèrent ce court voyage avec enthousiasme, devant Ambroise circonspect face à leur agitation joyeuse, et ils partirent le lendemain, de très bonne heure, comme il en avait été convenu. Dès lors Ambroise se retrouva seul, s'interrogeant sur cette hâte soudaine manifestée par Vincent. Il le savait depuis toujours passionné, capable de tout sacrifier aux oiseaux, mais la fièvre qui l'habitait en automne, au moment du passage des grands vols, l'inquiétait toujours un peu. C'était à cause d'eux que Vincent était parti loin, toujours plus loin, comme s'il désirait les accompagner jusqu'au bout du voyage. Heureusement, la présence de Charlène aujourd'hui et la relation qu'ils entretenaient l'attachaient aux étangs sur lesquels il vivait désormais plus sûrement que la présence d'un père ou d'une mère jadis. Cette pensée rassura Ambroise, qui s'apprêta à retrouver trois jours de solitude sans véritable appréhension.

Le soir de ce départ pour l'Atlantique, pourtant, contrairement à ce qu'il avait cru, un dernier vol de grues trouva refuge sur le Touvois. Le lendemain matin, il voulut assister à leur envol, mais elles ne partirent pas. Elles se contentèrent de piller le marais, et semblèrent trouver à leur goût les grains répandus sur les berges. Le surlendemain, à l'aube, elles étaient toujours là. Au bout de trois jours, Ambroise, étonné mais heureux de leur présence, fut convaincu qu'elles passeraient l'hiver ici, si le gel ou la neige ne faisaient pas leur apparition.

C'est ce qu'il apprit à Vincent et Charlène quand ils rentrèrent, éblouis, à la fin de la semaine. Ils avaient pu apercevoir un vol d'oies cendrées, que Vincent avait filmé, depuis la dune du Pilat d'où l'on découvrait l'immensité de l'horizon.

– Elles volaient plus bas que les oies de l'Hudson, expliqua-t-il à Ambroise. Sans doute pour passer sous le vent d'ouest qui soufflait en rafales depuis l'océan. Elles luttaient contre les bourrasques avec courage.

Il ajouta, les yeux illuminés :

– Elles étaient si belles dans l'effort !

Charlène l'approuva, encore sous le charme, elle aussi, du spectacle des grands oiseaux dérivant au-dessus des flots, dans la lumière d'un ciel à la fois vert et bleu.

Cependant, dès qu'Ambroise leur eut appris la présence des grues sur le Touvois, qui, selon lui, allaient peut-être passer l'hiver ici, ils décidèrent d'aller les voir tout de suite. Ils s'y rendirent tous trois en longeant la rive avec prudence, car les arbres perdaient de plus en plus leurs feuilles. Les grues cherchaient paisiblement leur nourriture dans un marais situé entre le Touvois et les bois, communiquant entre elles par leurs cris si particuliers, ou se défiant dans de petits sauts, leurs pattes en avant, mais sans véritable agressivité. Ils demeurèrent un long moment à les observer, puis Ambroise donna le signal du départ en murmurant :

– Il ne faut pas qu'elles se sentent observées trop longtemps. Elles n'aiment pas ça.

Une fois de retour à la maison, il révéla qu'il les avait agrainées en répandant de l'orge et de l'avoine dès le jour de leur arrivée.

– Et pourquoi ne pas le faire plus souvent ? demanda Vincent.

– Les grains attirent les ragondins, et les céréales

donnent des colverts trop gras, incapables de s'envoler, tu le sais bien.

Il ajouta, comme pour s'excuser :

– Mais cette année, j'ai pu piéger pas mal de ragondins, alors je me suis laissé aller, et ce sont les grues qui en profitent.

Ni l'un ni l'autre ne songea à lui reprocher quoi que ce soit, au contraire.

– Tu as bien fait, dit Vincent. Si l'hiver n'est pas trop rude, elles ne partiront pas.

– Et tant pis pour les ragondins ! fit Charlène. Ils sont devenus vraiment trop nombreux.

Le retour fut donc joyeux, d'autant plus que Vincent, dès ce soir-là, après le dîner, montra des extraits de son film à Charlène et Ambroise. On y voyait les oies cendrées apparaître au loin, se rapprocher, passer majestueusement à une centaine de mètres de la dune, puis disparaître à l'horizon, en se fondant insensiblement dans la brume bleutée montant de l'océan. Un grand silence régnait dans la pièce où Vincent avait disposé un écran, sur le mur du fond, au-dessus d'un meuble bas. Et tous trois regardaient sans se lasser les images des grands oiseaux qui les transportaient au loin, avec la sensation de les accompagner vers des pays inconnus.

39

LE FROID se manifesta un matin du début novembre par un feston de gelée blanche sur la lande autour du Touvois, mais le soleil la but en moins d'une heure et monta dans un ciel sans nuages. Avant de partir au refuge, un peu inquiet de cette première offensive de l'hiver, Vincent avait vérifié que les grues étaient toujours là, puis il s'en était allé vers les oiseaux blessés du refuge, avec, sembla-t-il à Ambroise, moins de hâte qu'au début de la mission confiée par Isabelle.

Charlène ayant rendu visite à sa famille à Blois, les deux hommes passaient ensemble leurs soirées et regardaient les images tournées par Vincent. Ils ne s'en lassaient pas, observant jusqu'à plus de minuit les vols suspendus dans le ciel lançant leur cri rassembleur, poussés par leur volonté farouche de franchir tous les obstacles du voyage. Ils allaient se coucher avec ces images qui peuplaient leurs rêves de jeunesse et de vent, et les conduisaient, comme chaque fois, vers une sorte de terre promise, au-delà des confins quotidiens de leur vie.

Pendant les repas, Ambroise interrogeait Vincent sur les oiseaux qu'il soignait la journée, mais son fils répondait maintenant avec détachement, comme si cette nouvelle occupation l'intéressait moins qu'au début. On aurait dit que son principal centre d'intérêt s'était déplacé, ou plutôt qu'il avait trouvé d'autres rêves. Un soir, comme Ambroise insistait, Vincent avoua avec un peu de lassitude :

– Tu sais, pour moi, les oiseaux, c'est fait pour voler.

Ambroise fut un peu surpris de ces prémices de renoncement, et il en parla à Charlène dès qu'elle revint de Blois, souriante, attentive comme toujours aussi bien vis-à-vis de Vincent qu'à l'égard de lui-même. Elle concéda qu'elle avait constaté cette distance nouvelle, mais elle ne semblait pas s'en inquiéter :

– Isabelle prétend que rien n'a changé, au contraire : il passe de longs moments avec Alain, le vétérinaire, pour l'aider, et va parfois l'assister lors des opérations dans son cabinet.

– Pourtant, observa Ambroise, il a de plus en plus de difficulté à parler des oiseaux blessés.

– Il m'en parle, à moi, et ne s'en lasse pas.

Ambroise fut rassuré par cette conversation, d'autant plus que Vincent passait de nouveau les nuits avec Charlène et que tous deux semblaient s'entendre toujours aussi bien. Jamais une dispute, jamais un mot plus haut que l'autre, mais de la prévenance au contraire, surtout de sa part à elle, qui n'oubliait pas dans quelle détresse Vincent était arrivé.

Malgré l'obscurité qui tombait tôt en cette saison, Vincent faisait toujours en sorte de rentrer avant la nuit, afin de vérifier que les grues n'avaient pas pris leur envol vers l'Afrique.

– Je t'ai dit qu'elles ne partiraient pas, lui répétait Ambroise. Il n'y a pas de raison.

– Et s'il neige ?

– Il neige rarement, ou alors elle ne tient pas au sol. En tout cas pas longtemps.

Les bécasses venues de Russie et des pays nordiques étaient arrivées elles aussi, de nuit, furtivement, comme à leur habitude. « Une passée », comme on disait, mais il en viendrait d'autres, par vagues successives, jusqu'en janvier ou février, en fonction de la température du nord et de l'est de l'Europe. La chasse en était autorisée dans les landes et les sous-bois, et des coups de fusil retentissaient dans les environs, qui rappelaient à Ambroise les mauvais souvenirs de la chasse au canard de jadis, sur les étangs.

Sur les berges des îles aménagées pour elles, les bécassines semblaient se plaire autant que les années précédentes. Elles picoraient sans cesse ou s'élevaient à la moindre alerte en zigzaguant dans l'air frais, avant de se reposer plus loin, agitant leur queue grise, à la manière des bergeronnettes. L'arrivée des vanneaux serait, elle, signe de grands froids, et Ambroise ne la souhaitait pas. Il aimait pourtant ces oiseaux magnifiques avec leur huppe noire, les reflets verts et lilas sur leur dessus sombre, leur élégance inquiète, mais ils annonçaient la neige. Et donc Ambroise craignait de les apercevoir un matin, comme venus de nulle part, mystérieux messagers de frimas redoutables.

Le samedi et le dimanche après-midi, comme Vincent ne se rendait pas au refuge, ils s'en allaient, avec Ambroise, sur l'étang, en prenant soin de ne pas déranger les grues. Ils ramaient jusqu'à la petite île et répandaient quelques grains pour les sarcelles. De là, ils revenaient vers la grande île, mais à l'opposé des landes et des marais où s'ébattaient les grues. Ils accostaient, traversaient à pied, et, avec leurs jumelles, les observaient, soigneusement dissimulés derrière les roselières. Elles ne paraissaient ni inquiètes ni agitées, cherchaient à pas prudents, vaguement précieux, les plantes, les insectes et les petits batraciens dont elles se nourrissaient.

– Elles se sentent bien, disait Ambroise.

Vincent ne répondait pas. On aurait dit qu'il redoutait quelque chose, mais quoi ? Il devenait secret, se confiait de moins en moins, et parfois Ambroise croyait revoir le Vincent muet qui était apparu en mai.

– Qu'est-ce qu'il a ? demandait-il à Charlène.

– Rien. Je vous assure : tout va bien.

– Je sens qu'il change, que quelque chose le préoccupe.

– Mais non. Ne vous inquiétez pas, Ambroise. Tout va très bien, je vous assure.

Pourtant, plus le temps passait et plus Vincent se fermait aux questions, et Ambroise, pour ne pas le contrarier, feignait de ne pas s'en apercevoir. Mais il guettait les signes qui trahiraient des préoccupations trop essentielles pour empêcher Vincent d'en parler. Celui-ci en revenait sans cesse aux grues, s'inquiétait régulièrement d'un éventuel départ, qui, manifestement, à ses yeux, révélerait une nécessité aussi bien vitale pour les oiseaux qu'elle pouvait l'être, peut-être, pour les hommes.

Au terme de ces confrontations muettes, Ambroise se réveillait la nuit, et s'interrogeait pendant des heures sur cette nouvelle attitude de Vincent. Il se rendormait à l'aube, se levait fatigué, préparait du café en attendant avec impatience l'arrivée de son fils.

40

QUINZE jours passèrent et l'été de la Saint-Martin, qui avait fait s'embraser les dernières feuilles des arbres sur les rives, fit place à quarante-huit heures de pluie et de vent. Des aubes lasses se levaient dans une lumière fauve vite assombrie par les remous fantasques des nuages. Les jours s'étiraient avec de longs soupirs dans d'éphémères espoirs de renouveau. Un soir, contrairement à leur habitude, Charlène et Vincent ne vinrent pas dîner chez Ambroise, qui en fut contrarié et faillit partir à Lignières pour savoir ce qui se passait. Charlène lui téléphona vers vingt heures et lui expliqua que Vincent était malade, mais rien de grave : un peu de grippe, seulement. Elle vint d'ailleurs le rassurer le lendemain matin, lui assurant que le médecin avait prescrit quelques médicaments, et certifié que Vincent serait sur pied dans trois jours.

La solitude retrouvée réveilla chez Ambroise de

mauvais souvenirs et il lui tarda que Charlène et Vincent reprennent l'habitude de venir dîner chez lui tous les soirs. Ce qu'ils firent avant la fin de la semaine, mais en repartant plus vite, après le repas, comme s'ils avaient hâte de retrouver leur vie à deux. Ambroise comprit qu'ils lui cachaient quelque chose, d'autant que Charlène, la journée, venait moins souvent, maintenant, comme si elle redoutait d'avoir à répondre à ses questions. Il parvint à découvrir ce qui se tramait quand il la poussa dans ses retranchements, un matin, alors qu'elle lui portait ses provisions achetées au village.

Après avoir beaucoup hésité, elle avoua :

– Vincent ne va plus au refuge. Il a démissionné.

Ambroise en demeura un long moment désarçonné, puis il demanda avec une fêlure dans la voix :

– Pourquoi ?

– Je ne sais pas.

– Il s'y plaisait pourtant.

– Oui, c'est vrai.

– Alors ?

Elle hésita, puis se jeta à l'eau :

– Il ne supporte pas de vivre au contact d'oiseaux blessés et de les voir mourir, pour la plupart.

Elle ajouta, en essayant de sourire :

– Il les veut vivants, heureux, dans le ciel. Sans doute n'a-t-il pas tort, n'est-ce pas ?

– Sans doute, fit Ambroise en essayant de dissimuler sa contrariété.

– Ce n'est pas grave, reprit Charlène. Je touche un salaire, moi. Et puis on ne peut pas vivre en souffrant de ce qu'on a tous les jours sous les yeux. On ne peut le souhaiter à personne.

Elle attendit un instant avant de poursuivre :

– C'est quelque chose qui peut se comprendre, ça !

– Oui ! approuva Ambroise. Je comprends.

Elle partit, non sans avoir tenté de le rassurer : elle avait demandé au président du syndicat intercommunal d'embaucher un autre guide sur les étangs voisins, et il lui avait promis d'étudier la question le plus rapidement possible.

– Qu'est-ce que ça veut dire, le plus rapidement possible ?

– Vous le savez bien : c'est toujours long ce genre de chose. Ils sont en train d'établir le budget de l'an prochain et ils le voteront à la fin du mois de janvier. Ne vous inquiétez pas.

Ambroise demeura ébranlé par ce qu'il venait d'apprendre. Aussi, toute la journée, même sur l'eau, il ne cessa de se poser des questions sur l'avenir de Vincent, dont la fragilité demeurait évidente, alors qu'il avait tellement lutté pour retrouver une vie normale.

41

PRÉVENU par Charlène qu'Ambroise était au courant de sa démission, Vincent, qui n'avait plus rien à cacher, vint voir son père dès le lendemain. Il ne lui donna aucune explication, se comporta normalement, s'inquiéta surtout du temps qui avait fait place au gel dont l'éclat faisait miroiter les étangs.

– Si ça se couvre, il neigera, dit-il.

– Mais non ! assura Ambroise. Le vent du nord ne souffle plus. C'est le vent d'ouest.

Vincent repartit ce jour-là sans s'être confié davantage, mais il revint régulièrement, comme avant, donnant à Ambroise l'impression qu'il était de plus en plus préoccupé.

De fait, contrairement aux prévisions d'Ambroise, il neigea le 4 décembre, dès après minuit. Quand Vincent vint au Touvois, ce matin-là, vers dix heures, les deux hommes ressortirent dans la mince couche qui dissimulait le chemin, le long de la rive. Il régnait un silence d'étoupe sous le ciel gris, mais c'était un plaisir de marcher dans la fine couche qui craquait sous les pieds avec un bruit de feutre, tandis que les arbres, de part et d'autre, se délestaient de la neige qu'ils portaient dans un haussement d'épaules négligent. Il ne faisait pas très froid – moins un degré seulement – et pas le moindre souffle de vent ne faisait frissonner l'eau du Touvois sur leur droite.

– On n'entend rien, dit Vincent, en s'arrêtant soudain.

En effet, seuls demeuraient audibles leurs pas dans la neige : une sorte de froissement léger qui s'appesantissait quand leurs chaussures s'enfonçaient brusquement. Pas le moindre cri d'oiseau, pas le moindre appel, ils avaient l'impression d'être enfermés dans une cloche cotonneuse d'où le monde extérieur n'était plus perceptible.

Ambroise ne répondit pas et continua d'avancer vers leur affût habituel, entre les chênes et les acacias qui avaient fini de perdre leurs feuilles. Des nappes de brouillard d'un gris aiguisé par le gel rôdaient à l'extrémité du Touvois. Avec la proximité de l'eau, le froid était devenu pénétrant. Vincent frissonna en se glissant entre les branches basses et se figea soudain, après avoir essuyé ses yeux d'un revers de main : les grues avaient disparu. Il se tourna vers son père en espérant s'être trompé, mais il comprit que ce n'était pas le cas au moment où Ambroise murmura :

– Elles sont peut-être allées plus loin, dans le bois, pour se protéger du froid.

Ils sortirent de l'affût, dépassèrent le marais, puis la lande, et entrèrent sous le couvert des arbres en tendant l'oreille : un profond silence y régnait, comme si toute vie s'était éteinte. Ils cherchèrent un long moment des traces sur la neige qui prouveraient un déplacement des grues, mais rien n'avait souillé la blancheur ouatée des sous-bois. Ils revinrent alors vers l'étang et inspectèrent les berges de la grande île avec leurs jumelles : en vain. Il fallait se rendre à l'évidence : les grues s'étaient envolées, chassées par le froid. Ils rentrèrent sans un mot, s'assirent face à face, burent du café, puis Vincent, toujours muet, comme si sa découverte du départ des oiseaux l'accablait, s'en alla sans se retourner.

42

La neige fondit, puis un froid sec emprisonna les branches des arbres dans des enluminures semblables à des lustres d'église. Des chandelles d'un blanc très pur semblaient s'élancer vers les miroirs du ciel, contre lesquels elles se heurtaient avec des éclairs de banquise, avant de retomber comme une pluie d'étoiles dans l'eau glacée des étangs.

Un matin, debout dès l'aube, Ambroise découvrit un vol de vanneaux huppés sur la lande, à la lisière du marais, ce qui signifiait que le froid allait durer. Il sortait peu, toute la vie étant paralysée, aussi bien sur l'eau que dans les îles assoupies sous une sorte de lumière jeune, comme au premier jour du monde. Il s'occupait comme il pouvait, réparait des pièges, des nichoirs en osier, mettait à jour ses fiches de comptage, rédigeait un rapport sur l'année écoulée, coupait du bois pour le poêle qui chauffait toute la maison, y compris les chambres, pourvu qu'il laisse les portes ouvertes.

Il ne rentrait jamais dans celle de Vincent, qu'il n'avait pas revu depuis le matin où ils avaient constaté le départ des grues. C'était Charlène qui venait sur les rives du Touvois et lui donnait des nouvelles :

– Ne vous en faites pas, disait-elle, il monte ses films et il écrit. Qu'est-ce que vous voulez faire de plus avec ce froid ?

– Est-ce qu'il va bien, au moins ?

– Mais oui. Il se repose. Vous savez, tous les médicaments qu'il a pris depuis des années l'ont affaibli. Il faut qu'il récupère, et c'est la bonne saison pour ça.

Elle ajoutait, devinant qu'elle ne le convainquait pas :

– Il ira mieux au printemps, avec le beau temps, le soleil, et les oiseaux qui reviendront.

Ambroise acceptait ces propos en songeant que lui-même détestait l'hiver. Il ne manquait pas de beauté, certes, comme ces jours-ci, quand la lumière faisait étinceler le Touvois d'un éclat bleuté, mais il manquait de vie. Les oiseaux, blottis dans leurs abris, essayaient seulement de survivre, picorant les grains qu'Ambroise répandait deux fois par semaine, l'après-midi, le long des îles pétrifiées sous les timides rayons du soleil. Heureusement, les roselières soigneusement entretenues suffisaient à protéger les colverts et les sarcelles du vent du nord qui, certains jours, soufflait en rafales courtes mais acérées.

Ambroise hésitait à aller rendre visite à Vincent, mais comme il avait besoin de petit matériel pour la réparation de ses pièges, il décida un jour, en début d'après-midi, de se rendre chez le quincaillier de Lignières. Il en profiterait pour prendre les provisions que Charlène devait lui porter le lendemain : ça lui éviterait de venir. Ambroise avait beaucoup tergiversé, cependant, ne souhaitant pas les déranger, mais il avait besoin de voir son fils, car il était persuadé que Charlène ne lui disait pas toute la vérité.

De fait, quand il arriva, la jeune femme parut contrariée en lui ouvrant sa porte, mais elle tenta de le lui cacher, et le fit entrer. Une fois dans la salle de séjour, elle montra Vincent qui était affalé dans un canapé en disant, comme pour l'excuser :

– Il dort toujours un peu en début d'après-midi.

Puis elle ajouta :

– C'est rare que vous veniez ici.

Vincent n'avait toujours pas bougé.

– J'avais du matériel à prendre chez le quincaillier, dit Ambroise.

– Venez dans la cuisine pour ne pas le réveiller, proposa-t-elle.

Ils s'assirent face à face, de part et d'autre d'une petite table ronde, et elle lui proposa du café.

– Je veux bien, fit Ambroise, mal à l'aise.

Tandis qu'elle préparait deux tasses, Ambroise l'observa et fut frappé par sa jeunesse, l'énergie qui se dégageait d'elle, la beauté triomphante de son visage aux yeux couleur de la mer. « Heureusement qu'elle est là », songea-t-il, tellement le contraste était grand entre son apparente énergie et la fragilité de Vincent dont il avait remarqué le visage éteint, la peau terne, dès qu'il était entré. En outre, les yeux clos de son fils dans le sommeil ajoutaient à ce visage quelque chose d'inquiétant. Ambroise sourit à Charlène au moment où elle s'asseyait face à lui.

– Il dort longtemps, comme ça ? l'interrogea-t-il.

– Non. Une petite heure.

– Il ne dort pas la nuit ?

– Non. Pas beaucoup.

Ambroise hésita, demanda :

– Tu es sûre qu'il va bien ?

– Ne vous inquiétez pas. Je suis là.

– Oui. Je sais. Je te remercie.

Il soupira, reprit un ton plus bas, comme s'il craignait d'être entendu de la pièce d'à côté :

– Il voit toujours ton amie médecin ?

– Oui.

– Qu'en pense-t-elle ?

Charlène attendit quelques secondes avant de répondre :

– Il est un peu dépressif, mais ce n'est pas grave : c'est normal après tout ce qu'il a vécu.

Elle ajouta, comprenant qu'elle ne pouvait plus rien cacher :

– Ce sont les médicaments qui le font dormir la journée. Je vous le répète, Ambroise, il ne faut pas vous inquiéter. C'est une question de temps, tout simplement. Au printemps, il ira mieux.

– Tu en es sûre ?

– Tout à fait sûre. Ne vous en faites pas.

Ils discutèrent ensuite un long moment des oiseaux qui souffraient eux aussi, paralysés par le froid, et notamment des vanneaux et des colverts qu'on apercevait à peine, en milieu de journée, dissimulés bien à l'abri derrière les roselières.

– J'ai quand même vu une aigrette garzette, dit Ambroise avec satisfaction. C'est rare en cette saison.

Charlène ne répondit pas : il était évident qu'elle n'était pas préoccupée par les oiseaux, mais par Vincent. Ambroise se résigna à partir après avoir bu son café, non sans l'avoir remerciée une nouvelle fois. Dans la salle de séjour, Vincent n'avait pas bougé. Ambroise le regarda un instant, puis, accompagné par Charlène, il se dirigea vers la porte en oubliant le pain et l'épicerie qu'elle lui avait achetés.

43

UNE SEMAINE passa, un peu moins froide que les jours précédents. Ambroise allait le plus souvent possible sur le Touvois distribuer des grains pour les oiseaux, puis il rentrait en espérant une visite de Charlène et en s'occupant à nettoyer et graisser ses outils. Il n'avait pas revu Vincent depuis sa visite à Lignières, mais il n'en éprouvait pas le besoin : il savait que Charlène veillait sur lui, et, surtout, au souvenir de son fils affalé dans le canapé, de son visage défait que ses yeux clos n'éclairaient plus du tout, il souffrait autant, ou presque, qu'il avait souffert de son absence.

Il avait rêvé d'un fils vivant, heureux comme il l'était pendant les premières années de sa vie, et si cela avait été le cas au cours de l'été, ce n'était plus vrai aujourd'hui. Une idée l'obsédait : pourquoi Vincent et Charlène paraissaient-ils le fuir, alors qu'il avait tellement besoin de leur présence – une présence qui lui avait si bien réchauffé le cœur quand ils dînaient avec lui, le soir, avant de regarder les films sur les oiseaux jusqu'à plus de minuit ?

Ambroise ne dormait plus, ne cessait de penser à cette distance nouvelle établie entre eux : qu'avait-il dit, qu'avait-il fait pour la provoquer à son insu ? Il s'interrogeait sans cesse, récapitulait les moments vécus ensemble, les paroles prononcées, mais ne trouvait rien qui puisse l'expliquer. Peut-être, comme le lui avait suggéré Charlène, fallait-il patienter jusqu'aux beaux jours, au retour des oiseaux, au soleil, à l'éveil de la vie, aux grands vols qui passeraient haut dans le ciel, invitant au voyage… Mais en attendant ? On n'était qu'en décembre. Comment franchir le désert des jours qui s'annonçaient ?

Alors que, sans nouvelles, il s'apprêtait à repartir à Lignières, Charlène vint le voir un matin, vers onze heures, et il devina, à son visage fermé, qu'elle avait de mauvaises nouvelles à lui annoncer.

– Il va plus mal, lui dit-elle, aussitôt assise.

Elle ajouta, tandis qu'Ambroise sentait son cœur se serrer :

– Il refuse de se lever.

Un long silence succéda à ces paroles inquiétantes.

– Est-ce qu'il demande quelque chose ?

– Non. Il ne parle pas et ne se plaint de rien.

– Et ton amie médecin ?

– Elle prétend qu'il faut lui laisser du temps, mais que s'il ne va pas mieux, il faudra peut-être l'hospitaliser.

– L'hospitaliser ? sursauta Ambroise.

– Ce n'est pas certain : on n'en est pas là.

Ambroise réfléchit un instant, puis il demanda :

– Et si je lui parlais, moi ? Il me répondrait peut-être.

– Je ne sais pas.

Charlène eut un soupir et poursuivit, avec des larmes dans les yeux :

– Je fais tout ce que je peux pour lui, vous savez.

– Je sais, et je t'en remercie.

– Je lui ai même proposé de revenir ici, chez vous… enfin, je veux dire chez lui, quoi.

– Et qu'est-ce qu'il a répondu ?

– Rien.

Ambroise laissa passer quelques secondes avant de proposer :

– Si j'allais le chercher, moi ? Il me suivrait peut-être.

Il reprit, un ton plus haut, pour essayer de la convaincre :

– C'est ici qu'il a recommencé à vivre quand il est revenu.

– Oui, c'est vrai.

Charlène murmura d'une voix brisée :

– J'ai pourtant cru que j'allais réussir. Je n'ai sans doute pas su lui donner tout ce dont il avait besoin.

Puis, après un instant qui fit passer un éclair douloureux dans ses yeux :

– Pourtant, je n'ai jamais aimé quelqu'un autant que lui, et il le sait.

– Moi aussi, je le sais. Surtout, ne te sens pas coupable, tu as fait tout ce que tu as pu.

– Il semble que cela ne suffise pas.

Elle s'essuya les joues, inspira bien à fond, souffla :

– Je vais vous le ramener, Ambroise. Peut-être que vous saurez, vous, mieux que moi, ce qu'il faut faire.

– Je veux bien, répondit-il après une brève hésitation.

– Demain ?

Il fut surpris de cette hâte soudaine et mesura vraiment à quel point elle était ébranlée par son propre renoncement.

– Dès ce soir, si tu veux.

Charlène soupira, puis elle se leva en disant :

– Merci, Ambroise… Moi, je ne sais plus.

Elle l'embrassa et s'en alla lentement, accablée, vers sa voiture, le laissant seul, en proie au doute, à la peur de se découvrir inutile, comme elle, et d'en souffrir comme il avait souffert au printemps.

44

RECONDUIT par Charlène, Vincent revint chez Ambroise sans poser la moindre question sur ce retour qu'il n'avait ni sollicité, ni refusé. Il parut l'accepter d'autant plus facilement qu'elle vint prendre ses repas avec eux, comme au début de l'automne. Pour Ambroise, un nouveau combat commença, qu'il engagea avec toute l'énergie qui lui restait : malgré le froid, il entraîna Vincent sur le Touvois aussi souvent que possible, approchant les oiseaux pour le seul plaisir de les voir s'envoler. En outre, il lui demanda de regarder ses films chaque soir, ne cessa de lui parler des retours du printemps, s'acharnant à le traquer, le questionnant sur le Nunavik, la péninsule d'Ungava, tout ce qu'il avait découvert là-bas. Ambroise connut des moments de découragement, mais il ne renonça pas, persuadé qu'il était le seul, à présent, à pouvoir aider Vincent à émerger une deuxième fois du gouffre où il avait sombré.

Et un matin, dix jours après son retour, alors qu'ils déjeunaient face à face, Vincent murmura :

– Cette nuit, j'ai rêvé que je volais avec Wingapuk.

Il ajouta, le visage éclairé d'un faible sourire :

– On était au milieu des oiseaux… au-dessus de la baie d'Hudson… L'air était tiède, il faisait beau… En bas, l'océan étincelait…

Ce fut tout, ce matin-là, mais Vincent se remit à parler d'elle le soir même, comme s'il lui fallait à tout prix renouer le contact avec Wingapuk, par-delà le temps et l'espace.

À sa grande satisfaction, Ambroise n'eut même pas besoin de le questionner. La voix de Vincent se mit à couler comme une rivière qui a été trop longtemps contenue par une digue, et Ambroise comprit que la douleur s'en allait en même temps que ses confidences.

– Je l'ai rencontrée un jour que je m'étais perdu en suivant une oie blessée qui n'avait pu accompagner ses sœurs mais avait suffisamment de force pour s'envoler dès que je m'approchais d'elle, commença Vincent d'une voix à peine perceptible. Wingapuk m'a aidé à l'attraper avec sa motoneige. Ne connaissant pas sa langue, je ne comprenais pas ce qu'elle me disait, mais elle l'a tenue pendant que je la soignais… À la fin, elle s'est étonnée que je veuillc ramener l'oie dans ma cabane au lieu de la sacrifier. Elle riait, me regardait en se moquant de moi, pauvre étranger perdu dans ces immensités.

Vincent soupira, puis reprit, un ton plus haut :

– Nous sommes arrivés chez moi à la nuit tombée. Il était tard. Elle est restée. Nous avons dormi côte à côte, sous des fourrures, à la manière des Inuits, et le lendemain matin elle est repartie en me donnant seulement son nom : Wingapuk, mais sans me dire où elle vivait… J'ai relâché mon oie quelques jours après, et elle s'est envolée.

Vincent parut réfléchir avant de poursuivre, comme si tout n'était pas encore clair dans son souvenir :

– C'était au début de mon séjour au Nunavik… Je l'ai cherchée vainement pendant des jours et des jours, et, un matin, je l'ai retrouvée en train de pêcher dans un trou qu'elle avait creusé dans la glace, comme ils le font tous, là-bas, au nord d'Aupaluk, dans la rivière Arnaud qui se jette dans le lac Payne. Elle a ri en me voyant approcher, se moquant de moi, comme à son habitude. J'ai voulu la filmer, mais elle a refusé… Et puis elle est repartie une nouvelle fois : elle disparaissait pendant une semaine ou deux ; je la retrouvais, elle m'apprenait quelques mots de sa langue, on dormait côte à côte, et elle disparaissait de nouveau.

Vincent soupira, ajouta à mi-voix :

– Cela a duré des mois, et un soir, au printemps,

elle m'a conduit dans son refuge près d'Aupaluk ; et c'est cette nuit-là que nous avons fait un enfant. Elle l'a voulu. Elle savait ce qu'elle faisait. Elle me l'a fait comprendre les jours suivants, en riant et en me montrant son ventre qu'elle caressait... Alors je ne l'ai plus quittée, et nous sommes partis ensemble vers le nord du Nunavik, à l'extrémité de la péninsule d'Ungava, le long de la rivière de Puvirnituq qui se jette dans le lac Allemand, elle pour pêcher, moi pour me rapprocher du détroit d'Hudson, et nous y sommes restés un mois, tout près l'un de l'autre, sans voir personne.

Elle m'expliquait d'où elle venait, comment elle vivait et pourquoi elle avait voulu un enfant de moi. J'avais du mal à la comprendre, mais elle parlait un peu anglais : elle m'a alors confié que ce qu'elle avait aimé en moi dès le premier jour, c'était ma manière de m'intéresser aux oiseaux, de les soigner et de les relâcher. C'était très étonnant pour elle, qui n'y était pas habituée. Chez les Inuits, en effet, toutes les proies permettent de survivre dans un univers hostile, que ce soient les caribous, les élans, les phoques, les poissons ou les lagopèdes, ces perdrix qui prennent la couleur de la neige en hiver. Ils piègent même les castors, pour leur fourrure et pour leur graisse. « Tu es le père des oiseaux, me disait-elle. Et tu seras le père d'un fils qui les aimera aussi. » Elle ajoutait, les yeux brillants de joie : « Mon fils, il te ressemblera. Il aura les mêmes yeux, il sera grand comme toi, mais il parlera ma langue. »

Parfois elle se mettait à chanter et à danser sans raison, elle tournait sur elle-même jusqu'à en perdre l'équilibre, et elle venait s'échouer sur moi comme un oiseau blessé. Alors je l'entourais de mes bras, et elle s'endormait dans un soupir, comme les enfants.

Au bout d'un mois, nous sommes revenus vers Aupaluk, et nous ne nous sommes plus jamais quittés. J'ai fait la connaissance de ses parents, qui m'ont adopté comme l'un des leurs, et très vite, quand ils ont compris que je savais veiller sur elle, la protéger, la rendre heureuse, considéré comme un fils. Cette vie a duré jusqu'à cette maudite nuit où elle s'est perdue, sa motoneige étant tombée en panne…

Vincent se tut, une larme descendit sur sa joue, mais il ne prit pas la peine de l'essuyer. Ambroise comprit qu'il n'en dirait pas plus ce soir-là, mais il n'insista pas. Il savait que le ruisseau de la parole se remettrait à couler hors de son fils dès le lendemain.

45

REPARLER de Wingapuk donna peu à peu un regain de vie à Vincent. Ambroise, qui l'avait compris, ne cessait de le pousser vers elle en lui posant des questions. Et Vincent répondait, racontait, d'abord en hésitant, puis en pénétrant de nouveau, mais avec précaution, dans l'univers qu'il avait perdu mais dont il était évident qu'il ne pouvait pas se passer.

– Quand je lui ai proposé pour la première fois de prendre l'avion, elle en a été terrorisée, mais en même temps folle de joie ! Voler comme les oiseaux ! C'était prodigieux pour elle ! Ce jour-là, on était au printemps et les oies sauvages remontaient pour la nidification au nord de la presqu'île de Baffin, dans l'île Bylot. Comme à leur habitude, elles avaient franchi cinq mille kilomètres depuis la côte est des États-Unis pour retrouver la terre où elles étaient nées… Il restait encore des plaques de neige sur la toundra ; mais les couples étaient déjà formés, car ils sont unis pour la vie. Quand je l'ai expliqué à Wingapuk, elle a beaucoup ri…

Vincent ferma les yeux pour la revoir sans doute un instant, puis il continua en souriant :

– Les premiers vols d'oies sauvages sont arrivés un soir au moment de l'aurore boréale. Je n'ai jamais rien vu d'aussi beau.

Il ajouta, les yeux encore empreints d'un émerveillement intact malgré le temps passé :

– Elles semblaient jouer avec la lumière, se laisser porter par elle ou la fuir à grands coups d'ailes lorsqu'elle devenait trop vive. On aurait dit qu'elles étaient consumées par ces foyers verts et roses, après en avoir elles-mêmes pris la couleur… Il en arrivait toujours, pourtant, et c'était fantastique de voir planer ces grands oiseaux blancs au bec rose épuisés par le voyage, mais qui trouvaient toujours une place parmi les autres, afin de préparer un nid. Avec Wingapuk, on aurait voulu les aider, mais on savait qu'il ne le fallait pas : on les aurait fait fuir. On se contentait de les observer de loin en train de s'arracher le duvet de leur poitrail afin d'en remplir un trou peu profond, mais suffisamment pour être à l'abri du vent.

– Elles pondent beaucoup d'œufs ? demanda Ambroise, soucieux d'éviter que Vincent s'arrête de parler.

– Quatre ou cinq.

– Et qui s'en occupe ? Le mâle ou la femelle ?

– À tour de rôle. L'un va brouter pendant que l'autre réchauffe les œufs en les retournant de temps en temps.

– Il devait faire froid, non ?

– Oui. La fonte des neiges n'était pas tout à fait achevée, mais la température se radoucissait au fil des jours, car la lumière réchauffait la toundra vingt-quatre heures sur vingt-quatre, et l'été arctique commençait.

– Vous êtes restés jusqu'à l'éclosion des œufs ?

– Oui. Wingapuk ne voulait pas repartir.

– Combien de temps ?

– Trois semaines. Les œufs éclosent tous en même temps, et les oisillons ont les yeux grands ouverts dès la naissance et sont heureusement couverts de duvet… Wingapuk se désolait de voir qu'il n'y avait rien à brouter autour du nid, mais les parents n'ont pas tardé à rassembler les oisillons pour partir en marchant.

– En marchant ?

– Oui. Ils ne peuvent pas voler. Les parents les appellent, les rassemblent, et tout ce petit monde s'en va à la recherche de pâturages lors d'un incroyable voyage de plusieurs dizaines de kilomètres…

Vincent se tut un long moment, avant de reprendre, émerveillé :

– C'est fabuleux de voir ces colonnes d'oiseaux blancs à la queue leu leu franchir tous les obstacles, même une rivière ou un lac, pour trouver de la nourriture.

– Les petits savent nager ?

– D'instinct. Les parents les poussent dans l'eau la première fois, et ils suivent. Le seul problème, ce sont les prédateurs : les grands labbes, les renards arctiques, les ours polaires, qui peuvent s'attaquer aux petits, mais les parents les défendent en groupe.

– Et ça dure longtemps cette marche forcée ?

– Le temps nécessaire : cinq ou six jours la plupart du temps.

– Vous les avez suivis tout ce temps ?

– Bien sûr ! Wingapuk ne voulait pas les quitter. Elle avait peur pour les petits.

– Et ils trouvent toujours ce qu'il faut pour se nourrir ?

– Toujours. Les parents savent où pousse l'herbe rase des nouveaux pâturages, dans les zones plus marécageuses. Ils ne sont pourtant pas au bout de leurs peines car c'est à partir de ce moment-là que commence leur mue et ils perdent les grandes rémiges de leurs ailes. Il faut des semaines avant qu'elles ne repoussent et qu'ils puissent voler de nouveau.

– Vous êtes restés jusqu'à ce moment-là ?

– Non. On est rentrés à Aupaluk, mais Wingapuk

a voulu repartir un mois plus tard pour les voir s'envoler.

Vincent sourit, reprit :

– Elle avait pris goût à l'avion, je crois.

– Et vous êtes arrivés à temps ?

– Oui. Les jours commençaient à raccourcir et le soleil arctique ne réchauffait plus rien, mais les petits, au plumage gris, étaient presque aussi gros que leurs parents.

– Vous les avez vus partir ?

– Oui. Un matin, dans une aube rose, ils ont pris leur envol tous en même temps, ou presque.

Vincent soupira, puis, comme se réveillant d'un songe :

– Voir ces grands oiseaux blancs dans le pâle soleil de l'été finissant, c'était…

Vincent hésita, ajouta :

– C'était le premier jour du monde…

Ambroise était soulagé de constater à quel point ces souvenirs réveillaient chez Vincent le goût de la vie. Il continua d'ailleurs à évoquer le précieux passé qu'il avait vécu près de Wingapuk en racontant le deuxième voyage qu'il avait fait avec elle vers la péninsule de Melville, au nord-ouest de la baie d'Hudson, pour assister à la nidification des bernaches.

– Les Canadiens les appellent « outardes » ou « honkers », à cause du cri sonore qu'elles poussent en vol, expliqua-t-il. Certaines sont aussi grandes qu'un cygne. Elles forment des familles très unies et les parents sont très agressifs autour des nids. Comme les oies des neiges, elles muent totalement, ce qui leur interdit de voler pendant un mois. Elles nidifient dans la toundra de la péninsule de Melville, et elles redescendent en hiver en traversant les États-Unis jusqu'au golfe du Mexique.

Vincent s'arrêta un moment, puis il reprit, un sourire aux lèvres :

– C'était la troisième fois que Wingapuk prenait l'avion, précisa-t-il. Et toujours avec le même émerveillement.

Il ajouta, rêveur :

– Elle aimait tellement voler !

Puis il parut réfléchir, s'assombrit et murmura :

– Quand on est rentrés de la péninsule de Melville, son grand-père était mort entre-temps. Il était très âgé : plus de quatre-vingt-dix ans. Je croyais qu'elle allait en souffrir ; mais non : elle ne m'a pas semblé malheureuse. Elle m'a seulement expliqué que selon les croyances de son peuple, les âmes des morts ne quittent jamais définitivement les vivants qui leur ont été proches. Elles voyagent sur les ailes des oiseaux et savent retrouver ceux qui leur ont été chers, à condition qu'ils ne se soient pas éloignés des routes que les migrateurs ont l'habitude de suivre.

46

AMBROISE avait compris. Désormais, il savait : pour Vincent, Wingapuk ne pouvait se rapprocher de lui que là-bas, dans l'immense pays traversé par les grands migrateurs. Dès lors naquit en lui une décision qu'il se promit de révéler à son fils et à Charlène, mais seulement au moment de Noël. Il n'y avait pas longtemps à attendre, puisqu'on était le 20 décembre, et qu'il s'était juré, lors du retour de Vincent, de passer les fêtes comme avant, lorsqu'il était enfant.

À plusieurs reprises, Ambroise évoqua devant lui les souvenirs des Noëls anciens, quand, avec Marie, ils se rendaient à la messe de minuit à Lignières et traversaient la lande et les bois, à pied, quel que soit le temps. Ils auraient pu s'y rendre en voiture, mais Marie tenait à marcher – sans doute pour profiter plus longtemps de ces moments vécus à trois, côte à côte, sur les chemins gelés, dans la nuit éclairée seulement par la lune et les étoiles qui clignotaient, comme apeurées, et dont on avait l'impression d'entendre le scintillement proche.

Tous deux gardaient le souvenir précis d'un Noël de neige, qui avait été encore plus merveilleux que les autres : Vincent devait avoir quatre ou cinq ans, et Ambroise avait dû le porter dans ses bras jusqu'au village, les petites jambes de l'enfant dépassant à peine de la couche épaisse qui l'empêchait d'avancer. Il semblait à Ambroise sentir encore les bras de son fils autour de son cou, tandis qu'il progressait prudemment pour ne pas glisser. Il revoyait les yeux illuminés de Vincent devant la crèche de l'église et la lumière des lustres, puis, au retour, devant les jouets qui attendaient près du sapin – des jouets qui n'avaient pas coûté cher, car Ambroise les avait fabriqués lui-même, mais qui représentaient pour l'enfant des trésors inestimables : une voiturette avec des roues en bois, un cheval en paille attaché à une charrette, un cerceau, un lance-pierre, une rame, un marteau, un sifflet, un couteau, toutes sortes d'objets dont Vincent s'emparait aussitôt pour aller les déposer dans sa chambre.

Trois fois, seulement, Ambroise et Marie avaient consenti à des achats : une année pour des sabots vernis, une autre pour des patins à roulettes et la troisième pour un Meccano aux pièces vertes et rouges que Vincent n'avait jamais abandonné, et qui demeurait encore présent dans un tiroir de la commode.

À cette époque-là, on réveillonnait seulement après la messe – autant dire jusqu'à trois heures du matin. Mais aujourd'hui – Ambroise s'était renseigné au village –, cette messe était célébrée à Lignières à vingt et une heures.

Non, il ne proposerait pas à Vincent et Charlène de s'y rendre, car l'un et l'autre vivaient éloignés de la religion, mais ce qu'il désirait, Ambroise, c'était vivre un véritable réveillon de Noël, à trois, devant sa cheminée, et si possible jusqu'à minuit.

– Si tu veux ! répondit seulement Vincent, le soir où Ambroise lui révéla ce projet.

Restait à convaincre Charlène, qui envisageait peut-être d'aller passer les fêtes dans sa famille. À la grande satisfaction d'Ambroise, elle accepta : elle ne se rendrait chez ses parents que pour le premier de l'An. À partir de ce moment-là, Ambroise rassembla les victuailles nécessaires au festin qu'il envisageait, et surtout il mûrit la nouvelle qu'il comptait leur annoncer à cette occasion. Leur cadeau de Noël, en somme, comme lorsqu'il déposait avec Marie des jouets près de la cheminée et que la neige, au-dehors, embellissait encore ces heures lentes, encloses dans une éternité heureuse, où le bonheur semblait devoir durer toujours.

47

CHARLÈNE l'aida à la préparation du repas, et passa toute la journée avec les deux hommes. Bouchées à la reine, carpe farcie, magrets de canard, crème glacée parvinrent à égayer un peu ce réveillon au cours duquel Vincent, par instants, parut reprendre vie. Il mangea plus que d'habitude, écouta Ambroise expliquer à Charlène comment se déroulaient les Noëls d'antan, et quel plaisir c'était de s'en aller ensuite, après le réveillon, dans la neige, la nuit blanche, vers le village où les cloches sonnaient.

Enfin, Ambroise jugea que le moment de leur annoncer ce à quoi il avait réfléchi était arrivé. Cette idée lui était venue plusieurs fois, et elle lui avait paru évidente : un souvenir d'une prière à l'église, précisément, où il avait entendu ces mots, il y avait bien longtemps. « Sur la Terre comme au ciel. » Et de nouveau il s'était convaincu que Vincent devait vivre libre sur la Terre comme les grands oiseaux dans le ciel. Et si possible près de Wingapuk. C'était la seule manière de le rendre heureux. Dès lors, il n'y avait qu'une seule chose à faire : le laisser repartir. Mais pas tout seul, cette fois : avec Charlène, qui saurait le protéger loin des rives du Touvois.

Ambroise attendit d'avoir débarrassé la table et de s'être assis près de son fils et de Charlène pour leur annoncer cette décision qui lui coûtait, certes, mais qui, en même temps, le délivrait d'une douleur permanente : celle de voir Vincent malheureux.

– J'ai quelques économies, leur dit-il. Elles sont à vous. Partez vers le Québec, installez-vous là-bas.

Un long silence répondit à ces mots prononcés d'une voix calme, comme soulagée d'avoir pu les livrer.

– Il me suffira de savoir que vous êtes ensemble et que vous pouvez suivre les vols des oies dans la baie d'Hudson. C'est là-bas qu'il faut vivre. Tout est plus vaste, plus beau. Le ciel ouvert, la neige à perte de vue, les eaux gelées de l'océan, la lumière des jours, les aurores boréales, les grands départs à l'aube vers l'inconnu !

Il se tut. Charlène et Vincent s'étaient tournés vers lui, le dévisageaient avec surprise, et, lui sembla-t-il, un peu d'inquiétude. Le silence s'éternisait. Enfin Charlène parut s'éveiller d'un songe et demanda :

– Mais vous, Ambroise, tout seul ici ?

Il comprit qu'elle avait déjà songé à un pareil voyage, et que comme lui, elle s'était persuadée que c'était la bonne solution pour sauver Vincent. Mais elle n'avait jamais osé l'évoquer devant lui.

– Moi, dit-il, j'ai ici des oiseaux à ma mesure. Ils me connaissent, et je ne peux pas les abandonner. Vous, vous êtes jeunes, vous avez besoin d'autres horizons.

Il ajouta, un ton plus bas :

– J'ai compris que la vie pouvait être belle ailleurs, à condition d'être libre. Comme les vols dans le ciel... Ce que je n'ai pas réalisé, moi, vous, vous le pouvez.

Vincent demeurait muet, comme absent. Il avait pourtant frissonné en entendant Ambroise évoquer la baie d'Hudson, les oies sauvages au bec rose et les bernaches grandes comme des cygnes blancs.

– Le Nunavik, insista Ambroise en s'adressant directement à lui. Rappelle-toi les cabanes dans la neige avec Wingapuk, vos voyages vers le Grand Nord, ce qu'elle t'a dit des âmes qui reviennent vers les vivants sur les ailes des oiseaux.

Vincent sourit mais ne prononça pas un mot ; Charlène, elle, baissait la tête, enfermée dans une réflexion pleine de gravité.

– Alors ? fit Ambroise.

Elle se redressa, murmura :

– On ne peut pas se décider comme ça, si vite.

– Pourquoi ?

– Vous le savez bien, pourquoi.

Elle reprit, après un soupir, désignant Vincent du regard :

– Est-ce que c'est vraiment ce qu'il lui faut ?

Ambroise laissa passer de longues secondes avant de répondre :

– Je ne veux plus le voir malheureux.

À cet instant, Vincent eut un geste de la main vers lui, mais le retint au dernier moment.

– Essayez, au moins, dit Ambroise à Charlène.

– Je vais y réfléchir, répondit-elle. Il faut me laisser un peu de temps, et à Vincent aussi, je suppose.

Elle se tut, reprit avec un sourire :

– Continuez à lui en parler. On verra comment il réagit.

Ambroise hocha la tête et n'insista pas. Ce soir-là, Charlène ne regagna pas sa maison et resta dormir avec Vincent. Ainsi se termina cette soirée, dont Ambroise avait tant espéré, et il se coucha avec la conviction qu'il avait prononcé les mots qu'il fallait pour hisser définitivement son fils hors du gouffre dans lequel il avait de nouveau sombré.

48

UNE SEMAINE passa, durant laquelle Ambroise ne cessa de parler à Vincent du Québec et du Nunavik. Les vanneaux huppés étaient revenus sur la grande île, ramenant le froid et le gel qui faisaient étinceler le Touvois. Chaque jour en début d'après-midi, Ambroise entraînait Vincent pour une inspection en barque et ils faisaient le tour de l'étang, tout en répandant sur les berges le grain nécessaire aux oiseaux. Le miroir de l'eau réverbérait la lumière comme une banquise, ce qui semblait éveiller chez Vincent des pensées agréables, car il lui arrivait de sourire. Ambroise en profita pour lui reparler du voyage qu'il avait évoqué à Noël, et à sa grande surprise, Vincent murmura, sans baisser les yeux :

– Merci.

– Avec Charlène ?

Vincent hocha la tête, sourit de nouveau. Ambroise en fit le récit à la jeune femme le soir même, au cours du repas, et ce fut ainsi que se décida un voyage qu'elle s'occupa d'organiser, dès les jours qui suivirent. Billets de train, billets d'avion, réservation d'un hôtel à Québec, et pour la suite, ils verraient sur place.

La date de départ fut fixée au 20 janvier. Elle demanda au président du syndicat une disponibilité pour convenance personnelle, qu'il lui accorda à condition qu'elle trouve elle-même son remplaçant. Ce n'étaient pas les candidatures qui manquaient : les jeunes diplômés qui aimaient les oiseaux ne trouvaient pas facilement du travail, et le genre de poste qu'elle occupait était recherché. À la fin de l'année, donc, tout était décidé. Restait à achever les préparatifs, et, surtout, pour Ambroise, ne pas montrer le moindre regret au sujet de sa décision.

Charlène revint à la charge en lui demandant à plusieurs reprises s'il avait bien réfléchi à ce qui l'attendait, une fois seul.

– Je te l'ai déjà dit : je ne veux plus le voir comme ça. Il sera heureux là-bas avec toi, et moi rassuré de ta présence auprès de lui.

– Mais vous, Ambroise, vous l'avez tellement attendu, vous avez tellement espéré son retour.

– Dès le mois de mars, les oiseaux reviendront.

– Ils ne remplaceront pas Vincent.

– Je le sais, mais je te le répète : je veux qu'il soit

heureux, même s'il est loin de moi… C'est ce qui compte.

Elle insista jusqu'au dernier moment, faillit renoncer. Vincent, lui, semblait revigoré par toute cette agitation autour de lui, et il souriait volontiers chaque fois qu'il était question du départ. Un soir, pourtant, alors qu'il se trouvait seul avec son père, Charlène ayant été obligée de regagner Lignières, il murmura :

– Viens, toi !

– Là-bas ? Avec vous ?

– Oui.

– Tu sais bien que je ne peux pas. Les oiseaux ont besoin de moi, ici. Ils me connaissent, ils ont confiance en moi.

Ce fut tout. Il ne fut plus question de ce sujet pendant les jours qui suivirent, chacun ayant fait vers l'autre les pas nécessaires à l'acceptation de ce départ si rapide et si douloureux.

49

CHARLÈNE décida que ce serait son amie Isabelle qui les conduirait à Châteauroux, et non pas Ambroise : elle voulait à tout prix éviter une séparation trop difficile sur un quai de gare. Elle avait pris en main tous les préparatifs, et s'y investissait avec une énergie qui trahissait une hâte inquiète : la peur, sans doute, de ne pas être capable de franchir le pas au dernier moment. De fait, la veille du départ, elle eut un début de renoncement en voyant Ambroise incapable de prononcer le moindre mot. Elle le dissimula de son mieux, mais Ambroise s'en rendit compte et se mit à le redouter lui aussi. Pour cette dernière nuit, elle dormit dans la maisonnette avec Vincent, car elle avait déménagé ses meubles chez son amie après avoir résilié son bail.

Afin d'éviter d'avoir à parler, elle demanda à Vincent de repasser le film qu'ils aimaient tant sur les oies sauvages et les bernaches, et le silence régna tout le temps de la projection dans le salon plongé dans la pénombre. À la fin, brusquement réveillés de leurs songes, ils feignirent d'éprouver le même enthousiasme qu'à chaque projection, ce qui, pour Vincent seulement, était sincère. Après quoi ils se hâtèrent de se souhaiter une bonne nuit et ils allèrent se coucher en sachant – au moins pour Ambroise et Charlène – qu'ils ne parviendraient pas à trouver le sommeil.

À sept heures du matin, tous les trois étaient debout et avaient déjeuné, sans un mot. Ambroise sortit dans la nuit prise par le gel et fit quelques pas sur le chemin de rive. Le jour ne se lèverait pas avant une heure, mais déjà, pourtant, un liseré pâle, d'un éclat glacial, frangeait l'horizon au-dessus des bois. Il frissonna, fit demi-tour et aperçut Charlène qui venait à sa rencontre, emmitouflée dans son anorak matelassé acheté en prévision des frimas du Québec. Il s'arrêta, attendit qu'elle approche.

– Ambroise ! fit-elle en tendant les mains vers lui.

– Non ! Ne dis rien ! Pas ce matin. Surtout pas ce matin.

– Oui, murmura-t-elle. Vous avez raison.

Elle l'embrassa et ils retournèrent vers la maison, en ayant froid jusque dans le cœur.

Ensuite, ils attendirent Isabelle qui arriva à l'heure convenue, puis ils chargèrent son break Renault, et ce fut le moment redouté de tous. Ambroise embrassa

Vincent, que la séparation paraissait troubler plus qu'il ne pouvait l'exprimer. Il s'attarda un instant dans les bras de son père, s'en détacha presque violemment et s'éloigna aussitôt vers la voiture. Charlène, elle, demeura de longues secondes figée devant Ambroise, comme si elle guettait une ultime approbation, puis elle l'étreignit rapidement et se dirigea vers Isabelle, qui lui caressa une joue avant de lui ouvrir la porte du véhicule.

Quand le moteur ronfla, Ambroise ne bougea pas et, au contraire, il resta à distance. La voiture manœuvra, et aucun signe de la main ne se manifesta à l'intérieur. C'est ainsi que Charlène et Vincent partirent vers la gare de Châteauroux d'où ils prendraient le train pour Paris, et, de là, l'avion pour traverser l'océan, en direction du Québec. Dès qu'il vit la voiture disparaître au-delà de la digue, Ambroise resta immobile quelques instants, déchiré mais soulagé d'avoir trouvé la force de ne pas reculer dans ce dernier effort qui le tendait tout entier, et qui meurtrissait chaque muscle de son corps. Il esquissa un pas vers l'embarcadère où se trouvait sa barque, puis il fit brusquement demi-tour et rentra chez lui.

50

Assis à table devant un verre de café, de nouveau seul, Ambroise chercha en lui-même des pensées de secours capables de lui donner l'énergie suffisante pour continuer à vivre. Il suivit un raisonnement qui le conduisit à une conclusion apaisante : le départ de Vincent et Charlène n'était peut-être pas définitif. Même s'ils se plaisaient là-bas, rien ne les empêcherait de revenir en France assez régulièrement. Et ce serait alors un vrai bonheur de revoir Vincent guéri du mal qui le rongeait. Oui, guéri. Il ne pouvait pas en être autrement. Un tel sacrifice de sa part à lui, Ambroise, ne pouvait pas ne servir à rien.

Rasséréné à cette idée, il finit de boire son café et sortit de nouveau dans le matin qu'un pâle soleil éclairait, à travers la brume installée sur l'eau. Il faisait froid, au point qu'Ambroise frissonna, hésitant à partir sur le Touvois, ce royaume de lumière sur lequel il régnait depuis si longtemps, mais qui, aujourd'hui, lui paraissait étranger, vaguement hostile. Jamais ce genre d'hésitation ne l'avait arrêté jusqu'à ce jour. Il était toujours allé à la rencontre des oiseaux sans se poser de questions, allègrement, mais ce matin quelque chose s'était brisé en lui : une sorte d'« à quoi bon ? » qu'il dut combattre pour enfin monter dans sa barque et la détacher de la rive d'un coup de rame résigné.

Il eut la surprise d'apercevoir un héron cendré s'élever de la berge, songea une nouvelle fois qu'ils étaient de plus en plus nombreux, en toutes saisons. Il y avait trente ans de cela, les hérons étaient rares et méfiants : ils s'enfuyaient à plus de cent mètres. Aujourd'hui, tout changeait. Les hérons comme les cormorans, qu'on ne voyait pas dans le temps, mais qui arrivaient nombreux, désormais, à la suite de la protection de leurs œufs dans les pays scandinaves. Là-bas, protégés comme ils l'étaient, ils se multipliaient et devaient migrer vers l'Europe du Sud pour trouver leur nourriture. Il n'aimait pas les cormorans, Ambroise. Ces grands oiseaux noirs, qui faisaient sécher leurs ailes dépliées au soleil comme d'affreux épouvantails aux vêtements déchiquetés par les intempéries, le révulsaient. Heureusement, ces migrateurs affamés préféraient les rivières plus profondes où les proies abondaient et ils ne séjournaient pas longtemps sur le Touvois.

Accostant sur la grande île, il entendit le cri d'un oiseau blessé dans les roselières flétries par le gel. Il marcha sans bruit vers lui, s'arrêta, hésita, le trouva enfin entre les fines tiges qui avaient perdu leurs couleurs : un jeune colvert de l'année qui avait subi l'attaque d'un mâle plus fort que lui, et qui avait souffert du combat. Ambroise savait que même en hiver les colverts mâles pouvaient se battre pour un territoire susceptible de devenir un espace de nidification au printemps. Il avait déjà assisté à ce genre de combats d'une extrême violence.

Aujourd'hui, l'oiseau, devant lui, avait une aile cassée et du sang sur la tête, jusque dans les yeux. Il se débattit un peu au moment où Ambroise le saisit, puis il se laissa aller à la chaleur des mains. Il fallait le soigner au plus vite. Ambroise regagna rapidement sa barque et rentra pour s'occuper du jeune colvert, qui était réellement en mauvais état.

Cette découverte, ce matin-là, et les soins qu'il devait donner à l'oiseau l'occupèrent assez pour lui faire oublier le départ de Charlène et Vincent. Au moins pendant une heure. Il décida ensuite de porter le canard au refuge, ce qui fit passer vite cette première matinée de solitude. Le vétérinaire présent sur les lieux prit en main le jeune colvert et rassura Ambroise sur son sort. Il repartit et, à midi, il mangea les restes du repas de la veille en songeant que désormais il allait recommencer à guetter le facteur. Il se rappela alors désagréablement ces mois passés dans l'attente des lettres qui n'arrivaient pas.

L'après-midi, le soleil ayant réchauffé l'atmosphère, il retourna sur l'eau, en direction de la petite île, essayant de meubler cette solitude qu'il avait pourtant lui-même provoquée. Les bécassines et les sarcelles cohabitaient sans problème, même sur les berges où Ambroise avait répandu les grains. Satisfait, il les observa un long moment, puis il rentra en se demandant où se trouvaient Charlène et Vincent à cette heure – peut-être déjà dans l'avion – et son cœur se serra. Il remarqua que les jours avaient légèrement commencé à grandir, et cela depuis la mi-décembre. Il sourit en se remémorant le proverbe appris de son père : « À la Sainte-Luce (le 13 décembre), les jours croissent d'un saut de puce. »

Cette pensée l'aida à affronter l'arrivée de la nuit, ce soir-là : dans deux mois, en mars, les grands oiseaux reviendraient. Deux mois ! Ce n'était pas si long ! Il avait déjà attendu si longtemps ! Il savait attendre ! Il était habitué.

51

L'ATTENTE recommença donc, comme avant. Ambroise se mit à guetter le facteur, tout en ayant pris soin de prévenir Ferdinand du fait que son fils était reparti en lui promettant d'écrire. Les jours se succédèrent vainement jusqu'au 28 janvier, où, enfin, une lettre arriva. Il reconnut l'écriture de Charlène et décacheta l'enveloppe en toute hâte. Elle disait :

« Cher Ambroise,

Nous nous sommes installés à Québec même – rue Sous-le-Fort, près de la place Royale –, mais nous avons eu le temps de faire un court voyage vers la baie d'Hudson où nous avons vu des oies sauvages : elles ont bien le bec rose, comme celles que Vincent nous montrait dans son film, et elles sont magnifiques. Vincent m'a fait visiter la vieille ville, qui a gardé son aspect ancien mais qui est pleine de charme, et j'ai découvert le château Frontenac depuis le parc du Bastion-de-la-Reine : une merveille typique des grands palaces des années 1900. Nous avons aussi remonté le golfe du Saint-Laurent, qui s'ouvre sur le Labrador, et nous avons pu apercevoir des baleines.

Vincent va mieux. En quelques jours il a retrouvé un sourire que je ne croyais pas revoir. Ici, l'été ne dure jamais longtemps et les migrateurs ne vont pas tarder à redescendre vers le sud. Nous allons partir vers le Nunavik, mais nous ferons une halte au lac Saint-Jean et dans la baie James. Nous vous donnerons d'autres nouvelles dès que nous le pourrons.

Soyez rassuré, Ambroise, tout va bien. Je suis persuadée que nous avons pris la bonne décision. Nous pensons souvent à vous et vous embrassons tous les deux. Pensez à nous aussi, quand vous serez dans la grande île du Touvois que nous n'oublions pas.

À très bientôt, donc, et prenez soin de vous. »

Vincent avait signé à côté de Charlène, d'une écriture un peu tremblée, mais qu'Ambroise reconnut pourtant, à la façon de dessiner le « t », presque semblable à un « v ».

Il posa la lettre devant lui, soupira. Il était soulagé, mais en même temps une sorte de tenaille s'était refermée sur son estomac : est-ce qu'il reverrait un jour Vincent ? Fallait-il le souhaiter ? Sans doute pas. Il s'en voulut de ces réflexions amères, mais il ne put s'en détacher : désormais, il était obligé de souhaiter ce qu'il ne pouvait accepter.

Pendant les jours qui suivirent cette lettre, il lutta contre lui-même et parvint à se persuader qu'il allait s'habituer à sa nouvelle solitude. Il se souvenait d'une phrase que répétait souvent Marie, son épouse disparue : « Le bonheur, c'est de savoir que ceux qu'on aime sont heureux. » Vincent était heureux, que pouvait-il espérer de plus, lui, Ambroise, son père, qui le chérissait depuis toujours ?

Il se mit à parler à Marie, le soir, tout seul, comme si elle était présente. Il l'entendait expliquer qu'un enfant est libre dès sa naissance, il faisait mine de consentir, mais quelque chose en lui, profondément, se refusait à la noirceur des jours qui s'annonçaient. Une nouvelle lettre début février le convainquit définitivement que ni Charlène ni Vincent ne reviendraient. Dès lors il cessa de guetter le facteur, persuadé qu'il n'y avait aucun secours dans la sacoche de Ferdinand.

Il ne sortit plus en début d'après-midi, demeura enfermé, en proie à des ruminations dévorantes qui l'accablaient. Un sursaut, parfois, lui venait au souvenir du retour de Vincent au printemps dernier, mais cela ne durait pas. Même la perspective des beaux jours à venir ne le secourait plus. Où étaient les grands oiseaux qu'il aimait tant ? Existaient-ils vraiment ? Il ne savait plus et rien ne parvenait à le réconforter.

52

LE 8 FÉVRIER, en début d'après-midi, il neigea : une petite neige qui tourbillonna d'abord en légers flocons, puis s'épaissit au fur et à mesure que le temps passait. Quand Ambroise sortit vers trois heures, une couche de quinze centimètres recouvrait les abords du Touvois, et, au loin, les îles semblaient pétrifiées sous un immense drap qu'aucun oiseau ne survolait. Mais elle était si belle, cette neige, si attirante dans sa douceur, son uniformité d'un blanc tellement pur, qu'Ambroise, chaudement vêtu, s'engagea rapidement sur le chemin de rive.

Un grand silence régnait sur l'étang et les bois. Là-bas, la grande île paraissait endormie sous le ciel, dégagé par les rafales d'un vent du nord, la faisant miroiter comme pour un appel lointain, un phare allumé, une sorte de refuge à l'abri des tempêtes. Sans la moindre hésitation, Ambroise se dirigea vers sa barque, dénoua la corde et monta en prenant soin de ne pas glisser. Il s'assit sur la banquette froide et se mit à ramer le plus vite possible pour se réchauffer. Une fine couche de glace se brisait devant l'étrave avec un bruit de sucre écrasé. Il ne neigeait plus, à présent, mais le froid rendait la neige tombée prisonnière, et elle ne fondrait sans doute pas de tout le jour.

Ambroise ramait sans effort, ébloui par la lumière étincelante de l'eau. Un rêve de la nuit passée l'habitait : il marchait vers Vincent dans la neige épaisse du Nunavik. Vincent était devenu un fils de la neige, et, cet après-midi comme la nuit d'avant, Ambroise allait vers lui, confiant et apaisé. Il accosta bientôt sur la grande île pétrifiée dans un silence d'étoupe. Il attacha la corde de la barque au saule qui, d'ordinaire, la recevait, puis il descendit et se mit à marcher vers le milieu de l'île en se frayant un passage au milieu des plantes recouvertes d'une pellicule gelée.

Entre les hélianthèmes déchus, la neige dessinait de minuscules sentiers qu'il suivit hâtivement, comme s'il cherchait une route vers un lieu inconnu mais qu'il était, dans son esprit, urgent de rejoindre. Il marcha longtemps, puis, fatigué, il s'assit sur une souche qu'il débarrassa de sa couche de neige d'un revers de main. Les yeux mi-clos, il vit apparaître Vincent et Charlène qui se tenaient par la main et lui parlaient sans qu'il puisse comprendre ce qu'ils lui disaient. Il eut froid, frissonna, et il se leva pour faire demi-tour et regagner la barque, mais il ne put faire que quelques pas et, au lieu de s'éloigner, il s'allongea dans la neige avec la sensation d'un bien-être d'une étrange douceur.

Il sourit, se blottit en lui-même, ferma les yeux et, bientôt, insensiblement, s'endormit. Alors apparut un grand vol d'oiseaux blancs qui l'appelèrent, et qu'il rejoignit miraculeusement, sans qu'il comprenne comment. Il partit vers son fils dans un froid glacé que fouettaient les ailes du vent, porté par l'éblouissante lumière de l'espace infini ouvert devant lui.

DU MÊME AUTEUR

Aux Éditions Albin Michel

LES VIGNES DE SAINTE-COLOMBE :
1. Les Vignes de Sainte-Colombe (Grand Prix des lecteurs du Livre de Poche), 1996.
2. La Lumière des collines (Prix des Maisons de la Presse), 1997.

BONHEUR D'ENFANCE, 1996.

LA PROMESSE DES SOURCES, 1998.

BLEUS SONT LES ÉTÉS, 1998.

LES CHÊNES D'OR, 1999.

CE QUE VIVENT LES HOMMES :
1. Les Noëls blancs, 2000.
2. Les Printemps de ce monde, 2001.

UNE ANNÉE DE NEIGE, 2002.

CETTE VIE OU CELLE D'APRÈS, 2003.

LA GRANDE ÎLE, 2004.

LES VRAIS BONHEURS, 2005.

LES MESSIEURS DE GRANDVAL :
1. Les Messieurs de Grandval (Grand Prix de littérature populaire de la Société des gens de lettres), 2005.
2. Les Dames de la Ferrière, 2006.

UN MATIN SUR LA TERRE (Prix Claude-Farrère des écrivains combattants), 2007.

C'ÉTAIT NOS FAMILLES :
1. Ils rêvaient des dimanches, 2008.
2. Pourquoi le ciel est bleu, 2009.

UNE SI BELLE ÉCOLE (Prix Sivet de l'Académie française et prix Mémoires d'Oc), 2010.

AU CŒUR DES FORÊTS (Prix Maurice-Genevoix), 2011.

LES ENFANTS DES JUSTES (Prix Solidarité-Harmonies mutuelles), 2012.

TOUT L'AMOUR DE NOS PÈRES, 2013.

UNE VIE DE LUMIÈRE ET DE VENT, 2014.

ENFANTS DE GARONNE :
1. Nos si beaux rêves de jeunesse, 2015.
2. Se souvenir des jours de fête, 2016.

DANS LA PAIX DES SAISONS, 2016.

LA VIE EN SON ROYAUME, 2017.

L'ÉTÉ DE NOS VINGT ANS, 2018.

MÊME LES ARBRES S'EN SOUVIENNENT, 2019.

Aux Éditions Robert Laffont

LES CAILLOUX BLEUS, 1984.

LES MENTHES SAUVAGES (Prix Eugène-Le-Roy), 1985.

LES CHEMINS D'ÉTOILES, 1987.

LES AMANDIERS FLEURISSAIENT ROUGE, 1988.

LA RIVIÈRE ESPÉRANCE :
1. La Rivière Espérance (Prix La Vie-Terre de France), 1990.
2. Le Royaume du fleuve (Prix littéraire du Rotary International), 1991.
3. L'Âme de la vallée, 1993.

L'ENFANT DES TERRES BLONDES, 1994.

Aux Éditions Seghers

ANTONIN, PAYSAN DU CAUSSE, 1986.

MARIE DES BREBIS, 1986.

ADELINE EN PÉRIGORD, 1992.

Albums

LE LOT QUE J'AIME, Éditions des Trois Épis, Brive, 1994.

DORDOGNE, VOIR COULER ENSEMBLE ET LES EAUX ET LES JOURS, Éditions Robert Laffont, 1995.

UNE SI BELLE ÉCOLE, Éditions Albin Michel, 2014.

Composition : IGS-CP
Impression : CPI Bussière en septembre 2020
Éditions Albin Michel
22, rue Huyghens, 75014 Paris
www.albin-michel.fr
ISBN broché : 978-2-226-44346-5
ISBN luxe : 978-2-226-18517-4
N° d'édition : 23567/01 – N° d'impression : 2051995
Dépôt légal : octobre 2020
Imprimé en France